くされ縁の法則4

激震のタービュランス

「いきなりじゃなきゃ、いいのか？」

「よくないッ」

「おまえ、耳も首も真っ赤」

「……だからぁ」

「今ので——乳首、勃った？」

いきなりのツッコミに、哲史はウッ……と言葉に詰まる。

目次

口絵・本文イラスト／神葉理世

激震のタービュランス

＊＊＊＊　プロローグ　＊＊＊＊

私立沙神《さがみ》高校二年三組には『王様《キング》』と『王子様《プリンス》』の椅子がある。

見た目は何の変哲もない、ただのスチール椅子なのだが。だからといって、誰も彼もが好き勝手に座れるわけではない。

その椅子に座ることができるのは、たったの二人だけ。それも、わずか五十分の昼休み限定なのだ。

しかも。『王様』の椅子は男子が、『王子様』の椅子には女子が、それぞれ日替わりの持ち回りで専属の当番がつく。強制ではなく、あくまで自発的な好意でもって一律平等に。二脚の椅子は昼食時間になると、当然のごとく、ひとつの席の両側に並べられるのだった。

ドキドキ。

……ワクワク。

…………ソワソワ。

その瞬間を待ち望むクラスメート一同の鼓動の高鳴りと期待に満ちた視線はある種の憧憬《しょうけい》と

緊張感を孕《はら》み、毎日がドラマチックだ。たとえ同じ事の繰り返しであっても、その都度ささやかな発見と意外な驚きがあって、いいかげん慣れて飽きる──などということはない。

そんなものだから、三組の生徒たちは四時間目終了のチャイムが鳴っても、他クラスのように解放感で派手にざわめいたりはしない。

おしゃべりに興じるために席を立って、無駄に屯《たむろ》ったりもしないし。鞄の中からそっと弁当箱を取り出して机の上に載せても、品数限定の特Aランチをゲットに学生食堂に走る者はいない。ただ静かに、そのときを待っている。

そして。いつものように、

「テッちゃん、お待たせぇ……」

前方入り口から、独特のまったり感──いつでも春の日溜まりを思わせるかのような笑顔満開で市村龍平《いちむらりゅうへい》が教室に入ってくると、あからさまに嬌声《きょうせい》を張り上げたりはしないが、その分、蛍光ピンクの♡マークが全開で乱れ飛んで一斉にクラスの女子が色めき立った。

それを待ちかねたように本日の『王子様』の椅子当番である女子が、

「市村君、どうぞ♡」

わずかに紅潮した満面の笑顔でさっとスチール椅子を広げる。

同じ椅子当番でも、男子と女子では少々事情が異なる。『王様』の椅子は、四時間目終了のチャイムが鳴るとすぐさま所定場所に広げられるが。『王子様』の椅子当番の女子は、然《しか》るべくその場で待機するのが二年三組の常識――なのであった。

――と、言うのも。椅子当番の女子には、フェイス・ツー・フェイスで王子様の感謝の言葉が付いてくるからだ。しかも、漏れなくセットで花丸の笑顔も。

「ありがとぉ」

ほんの一瞬でも、全校女子の憧《あこが》れの的であるバスケ部エース――龍平の笑顔を確実に独り占めできる眼福。舞い上がるなッ――というのが無理。

だからといって、誰に対しても一律平等な笑顔の意味を派手に勘違いするような身の程知らずのチャレンジャーでもなかったが。

二年三組の女子にとって、それは、ほぼ月イチで回ってくる至福の瞬間であった。

もちろん。その至福には、学年差を問わず他クラスの女子たちの羨望《せんぼう》と嫉妬《しっと》の渦が漏れなく付いてきたが。時間限定といえど、普段は滅多《めった》に見られない王子様の『素顔』を思うさま堪能《たんのう》できる幸せの前には、何の障害にもならなかった。ただひとつの例外を除いては……。

その、例外中の特例。

今度は後方のドアが、ガラリと開く。

――瞬間。

喜色に満ちた女子のざわめきは一気に鎮火した。それはもう、ものの見事に。

いつものように、美貌《びぼう》のカリスマたる威圧感《オーラ》を垂れ流しにして蓮城翼《れんじようつばさ》が入室してくると、今の今までのどやかな春の日溜まり状態であった教室の雰囲気が一転、何とも言い難い……息を呑むような沈黙に取って代わり、体感温度も一気に下がった。

そして。脇目も振らず、翼が無言のまま、何のためらいもなく用意された『王様』の椅子にどっかと腰を下ろし、

「哲史《てつし》、メシ」

冷然とした口調で促す言葉がすべての合図でもあったかのように、二年三組のランチタイムが始まるのであった。

（ホント、みんな、いつもご苦労様）

龍平と翼の十年来の幼馴染み——いや、天然な言動があまりに大物すぎて底が見えない王子様ときっぱり排他的な美貌のカリスマ、そんな只者《ただもの》ではない二人の唯一のコントローラーである杉本《すぎもと》哲史の、何とも言えないため息とともに……。

＊＊＊＊　Ⅰ　＊＊＊＊

その日。

六時間目のLHRが終わったあと、いまだ鳴り止まないチャイムにクラスメートたちがざわつく中。

「あー、杉本。ちょっと、いいか?」

三組の担任である久保《くぼ》に声をかけられ、

「はい」

哲史はとりあえず机の上を片付けて、歩み寄っていく。

何の部活もやっていない哲史の放課後は定時下校だが、三組のHR委員(謂わばクラスの雑用係。率先してやりたがる者はないので、結局、最後はジャンケン負けである。それでも、決まった役割はきっちりこなすのが哲史のポリシー)でもあるため、こうやって名指しで久保に呼ばれるのは珍しくもない光景であった。なので、周囲の者たちも、

「帰りがけに悪いんだけど、ちょっと、頼みたいことがあって。職員室まで来てもらって、い

いか?」

「……はい。わかりました」

哲史と久保がそのまま連れ立って教室を出て行っても、誰一人として、別に何の注視もしなかった。

もちろん。哲史本人も、久保の『頼み事』が何であれ、いつものようにHR委員としての雑用だと思っていたし。

(今日は何だろ。さっくり終わってくれればいいけど)

その程度のことで。別段、構えてもいなかった。

だが。先を行く久保が無言のまま職員室を素通りしたとき、

(……あれ?)

わずかに小首を傾げ。その足が最奥の第一学習室のドア前で止まると、

(……何?)

まるで条件反射のように、いきなり、ドキンと鼓動が跳ねた。それもこれも、このところの哲史を取り巻く状況が状況だから——かもしれない。

軽くノックしてドアを開け、久保が視線で促すように哲史を招き入れる。

——と、そこには。なぜか、龍平と翼がいて。

(なんで?)

いや。それだけではなく、一組と七組の担任のほかに二学年の学年主任である深見《ふかみ》までいて。

（いったい……なんなわけ？）

頭の中は訳のわからない疑問符でいっぱいになった。

昼休みに顔を合わせたときには、そんな話はチラリとも出なかった。だから、龍平も翼も、哲史と同じように帰り間際に呼び出されたクチなのだろう。

その理由を知っているのか、いないのか。哲史と目があったとたんにニッコリ笑って手を振る余裕を見せつけて……というよりは、むしろ、何事にも動じない大らかさが龍平の真骨頂だったりするわけだが。別に、放課後の部活時間を削られて不機嫌になっているわけではなさそうだった。

それに比べて、翼は……。

（あー……。機嫌悪そう）

内心、哲史はヒヤリとする。

相変わらずの怜悧《れいり》な美貌はそんな悪感情を垂れ流すどころか、何を考えているのかまったく読めない無表情に近い。それでなくても、翼の醸し出すモノはそそり立つ絶壁の拒絶感……なので。

だから、たいがいの人間は翼を恐る恐る遠巻きにするだけで、決して必要以上に近付いてはこない。ある程度の距離感を保てば……自分と関係のないところでは、完璧八頭身な超絶美形は目に麗しい絶景であることには間違いないし。

けれど。哲史には、他人にはわからない翼の機微がはっきりと見て取れる。

(なんか、予定でもあったのかな?)

翼と同居している(唯一の肉親であった祖母が亡くなって、今現在は翼の父親が哲史の後見人である。……が、蓮城家は、仕事はできるが家事能力のまったくない父親と唯我独尊を地でいく息子との二人暮らしであるため、その実態は限りなく蓮城家の嫁《翼》に近い)と言っても、哲史は、翼の放課後をきっちり把握しているわけではない。

毎日、どこで何をやっているのか。まったく興味がないわけではないが、それを無理に問い詰めて聞き出したいとも思わない。無関心ではなく、夕食時間には遅れずに帰ってくる翼のことを全面的に信用しているだけのことだ。

逆に。哲史のことになると、日頃の鉄面皮が嘘のようにひたすら独占欲を剝《む》き出しにして視野狭窄《きょうさく》になる翼は、哲史の日常は何でも知っておかないと気が済まない性質《たち》だが。基本的に学校と家事で明け暮れている哲史の行動範囲などたかが知れているので、今更、隠すことなど何もなかった。

ただひとつ——龍平と一緒に行ったスポーツ店で、偶然鉢合わせをしてしまった一学年下の佐伯翔《さえきしょう》に、

『あんた、市村先輩とデキてんだろッ』

とんでもない暴言を吐かれたことを除いては……。

基本的に、哲史がそばにいるときの龍平は、天然脱力キングを通り越して蜂蜜漬けの笑顔もトロトロの全開状態である。しかし。普通はせいぜい、大型犬がシッポをブンブン振って飼い主にまとわりついているようにしか見えない龍平特有の懐《なつ》き方も、哲史に含むモノありありな色眼鏡でしか見られない佐伯には、

『デレデレ甘々のバカップル』

いびつに歪《ゆが》んで見えてしまうのだ。

そんなものだから、健全な青少年である龍平は、

『俺とテッちゃんの、どこが、デキてるって言うんだよ。あいつ、ノーミソ、腐ってるんじゃない？』

大いに憤慨していたわけだが。龍平とは絶対にそんなことにはならないときっぱり断言できる哲史も、翼とは、とうの昔にセックス込みのラブラブになってしまっているわけで。ある意味、冗談でも笑えないというか。けっこうドッキリというか……複雑な心境であった。

佐伯とは、翼絡みの因縁（自称『蓮城翼の親衛隊』を気取るほど翼に心酔しきっている佐伯の嫌がらせの八つ当たりで、哲史は顔面を叩かれて怪我をした）が因縁なので。しかも、まるっきり見当違いの暴言を投げつけられて、滅多《めった》に怒りを露《あら》わにすることのない龍平がブチキレかかってしまった（目撃者多数あり）ことでもあるし。哲史的には、できれば内緒にしておき

たいのは山々なのだが、それが翼にバレたときのことを考えるとその方がもっと——怖い。

翼は、哲史にメロメロ（本人がまじめな顔でそれを言うのだから笑ってしまう）だが。だからこそ、哲史に隠し事をされるのと嘘をつかれるのが一番イヤだと口にして憚《はばか》らない。

誰にも、何にも、熱くならない。他人目には傲岸不遜《ごうがんふそん》のエゴイストにしか見えない翼に、そんなふうに独占欲を剝き出しにされて執着されるのが哲史は嫌いではない。いや……離婚した両親のどちらからも愛されずに遺棄されたも同然の哲史は、翼に愛されて必要とされるのが嬉しくてたまらない。

つまりは、翼の信頼を失うのが何よりも怖い。

だから。それをどのタイミングで翼に告げるか、もっか思案中。今現在、哲史の唯一の悩みでもあった。

そんなところにもってきて、今日のこの呼び出しである。なにやら……先行きが不穏だ。

長身瘦軀《そうく》な深見は数学教師だが、わずかに三白眼ぎみな双眸《そうぼう》に迫力がありすぎて、黙っていれば絶対に教師には見えない。

そのせいか、昔は相当なヤンチャクレであったのではないかとの噂が絶えない。冗談でも、迂闊《うかつ》に突っ込んで引っ込みがつかなくなったら怖いから、誰も事の真偽を確かめようとはしないだけ——かもしれないが。

嘘か、本当か。噂の出所すらもわからないが。夏休みの繁華街で因縁を吹っかけてきたチンピラが深見にひと睨《にら》みされただけでシッポを巻いて逃げた——とか。どこから見ても只者《ただもの》じゃない派手な形《なり》をした集団が敬語で深見に話しかけ、きっちり腰を折って挨拶をした——とか。

そういう逸話には事欠かなかった。

だから、だろうか。ちょい悪を気取る連中も、自己顕示欲の固まりのような者も、無駄に深見には突っかかったりはしない。

深見の授業では居眠りをする者も、密《ひそ》かに内職をする者も、私語に走る者もいない。緊張感の漂う五十分間の授業が、あっという間に過ぎていくのである。

もちろん、いきなり名指しされても脂汗を垂れ流さないように予習復習はきっちりと、プリント類の提出は期限厳守——であった。

そんな深見だが、

「杉本君。まぁ、座って」

その口調はしごく柔らかい。滑舌のいい美低音はそれだけでエロい……と、女子には密かな人気があるらしい。

「……はい」

とりあえず、哲史は翼の隣に腰を下ろす。

翼はチロリと視線を流しただけで、何も言わない。

そうやって、哲史が椅子に座ると。深見は、

「君たち三人に来てもらったのは、ちょっと、頼みたいことがあってね」

まずは、それを口にした。

久保の言っていた『頼み事』というのは、どうやら、哲史を呼びつけるための単なる口実ではなかったらしい。

そして。深見は哲史たち一人一人に視線をやって、

「実は、今問題になっている一年生の不登校について……なんだが」

気持ち、トーンを落とした。

（はぁ……。やっぱ、その話かよ？）

哲史にしてみれば、ついに来るべきモノが来た——という感じがしないでもない。なんと言っても、校舎中、どこもかしこもその噂で派手に盛り上がっている。

そもそもの事の起こりは、哲史と佐伯が率いる自称『親衛隊』とのトラブルだった。

幸いなことに大事には至らなかったが、自分をダシに哲史を傷物にされて翼が黙っていられるはずもなく。当然のごとくそいつらをシメに行き、日頃の翼からは窺《うかが》い知ることのできないその凶暴《ブラック》ぶりにすっかりビビリ上がってしまった連中はリーダー格であった佐伯を除いて全員が不登校になってしまったのだ。

哲史的には、翼の言うところの『ブレザーで佐伯をやんわり叩《はた》いただけ』で揃いも揃って不登校になってしまったことに対しては、ただただ、ため息しか出なかった。

集団で自分を吊《つ》るし上げにして暴言三昧《ざんまい》だった連中が、たったそれだけのことで？

マジで、か？

まさか、そんなに軟弱だったなんて思ってもみなかった……である。

まぁ、その現場を生徒会長と副会長にバッチリ目撃されていた――ともなれば、暴行事件の加害者として生徒会から呼び出しがかかるかもしれない。その疑心暗鬼に更に顔面蒼白《そうはく》……だったかもしれないが。それにしても、だ。

自分たちのしでかしてしまったことに何のケジメもつけないままの敵前逃亡に、事の成り行きを興味津々に傍観していた上級生組もただ呆《あき》れ返って、

『あいつら、口の割りに根性ねーな』

『蓮城にシメられたくらいで不登校なんて、不様すぎ』

『ホント、バカ丸出し』

辛辣《しんらつ》な批判は口にしても、誰一人として同情などしなかったわけだが。問題は、それで終わらなかった。

いや。更に、悪化した。

不登校になってしまった親衛隊のクラスメートが何を勘違いしたのか、駐輪場で哲史を待ち伏せにして、

『親衛隊との喧嘩《けんか》に負けて、その腹いせに蓮城翼に仕返しを頼んだ卑怯者《ひきょう》』

呼ばわりをしたからだ。

さすがの哲史も、唖然《あぜん》。

——呆然《ぼうぜん》。

そういう穿《うが》った解釈の仕方もあるのだと知って、ある意味、目からボロボロ鱗《うろこ》が落ちまくり——ブッたまげ。

……だった。

かといって、そういうバカな勘違い野郎（辛辣な暴言吐きまくりだったのは、むしろ女子の方だったが）と同じレベルで水掛け論をやってもしょうがないので。そんなことにいちいち付き合ってやる義理も暇もなかったし。何より、翼絡みのトラブルに関しては、今更何を言われても構わないという達観すらあって。まだ何か言い足りなさそうな連中を振り切って、さっさと家に帰ったのだった。

ところが。

それを知って、今度は龍平が大魔神《マジギレ》になった。

『一人じゃ何もできないくせに集団でイチャモンつける奴らって、サイテー。俺、そういうの大っ嫌いッ』

そういう暴言を吐いた連中は絶対に許さないッ——と。朝イチの教室で、きっぱり、しっかり宣言してくれたのだった。

全校女子の憧《あこが》れの王子様である龍平の爆弾発言は、その豹変《ひょうへん》ぶりとも相まってインパクト抜群。言葉のひとつひとつが翼とは別口でずっしりと重く、その影響力は本人が思っている以上に絶大だった。

哲史を卑怯者呼ばわりにした連中は、それを伝え聞いて顔面蒼白になった。自分たちのやったことは善意から出た正義感だと信じて疑いもしなかった反動があまりにも大きすぎて愕然《がくぜん》とし、号泣に次ぐ号泣。

哲史の吊るし上げには直接加わらなかった者たちも、そういう意味では連帯責任を問われた。つまりは、一年五組のクラスメートとしての総意——自分たちの代表者の暴挙を黙認したということで非難囂々《ごうごう》のド真ん中。ついには居たたまれなくなって、体調不良を訴えて欠席する者が続出した。

どこで。

——誰が。

——何を。

間違えたのか？

当然のことのように、ストレスは伝染する。

なんで？

……どうして？

……自分たちだけが？

こんな惨めな思いをしなければならないのか。

周囲から責められ嘲《あざけ》られた被害者意識は、クラスを侵食する。

こんなはずじゃないと、嘆き。

激情し。

憤る。

そして。不登校の連鎖は止まらなくなった。

——らしい。

不登校という手段が無言の抗議なのか。

ただの当て付けなのか。

それとも、心身を病むほどのストレスなのか。

あるいは、今時の打たれ弱さの象徴なのか。

哲史には……わからない。

家庭の事情もあって、一時期、本気で高校進学を諦《あきら》めかけていた哲史にとって、そんな簡単に学校に行かない選択をしてしまうという気持ちがイマイチ理解できないからだ。

いや、それ以前に。小学校・中学校と、何やかやといろいろ複雑な事情が絡み合って悪目立ちのターゲットにされていた哲史だから、そういう自分勝手で変な被害者意識を振り回す連中が好きになれなかった。

八つ当たりで実害を被って、挙げ句に卑怯者呼ばわりされた哲史としては、そんな噂に日常を掻《か》き回されることすら煩わしくて。この先、不登校になった連中がどうなろうと興味も関心もなかったし、同情する気にもなれなかった。

いや……。

もっとはっきり言ってしまえば、そんなことでいちいち学年主任に呼び出されること自体、不本意の極みであった。

それはたぶん、当然の権利を行使しただけの翼も、辛辣に本音を吐きまくったにすぎない龍平にしても同じだろう。

「それで、一年五組の保護者からの強い要望で、近々、緊急クラス会を開くことになったわけなんだが」

「緊急クラス会……ですか？」

思わず、ボソリと哲史が漏らす。

「ここまでくると、各個人としての問題だけでは済まされなくてね。学校側としても、何らかの対処を考えなくてはならないし」

事は、哲史が思っている以上に深刻らしい。ここに呼び出された以上、哲史たちとしても余《よ》所《そ》事で済まなくなりそうな予感はありありだった。

（……メンドクセーな）

それを口にすれば深見にはソッコーで睨《にら》まれるかもしれないが、舌打ちのひとつでもしたくなる。なんだって、こう、自分たちの関係のないところでいつまでもズルズルと尾を引いてしまうのだろうかと。

「今現在、一年五組の不登校者が何人いるか……知ってるかな？」

深見の視線はしごく当然のことのように、哲史を名指す。目前の三人の中で誰に的を絞って話を進めるべきか、端から決めていたような口ぶりであった。かといって、そこには見慣れた双眸《そうぼう》の強《こわ》さはあっても、身の置き所がなくなるような威圧感はなかったが。

つまり。頼み事はあくまで『お願い』であって、深見としては頭ごなしにそれを強制するつもりはないのかもしれない。

しかし。哲史が口を開く前に、

「自分のやったことのケジメもつけられないド阿呆が何人いようと、俺たちには関係ない」

冷え冷えとした口調で、翼がバッサリ斬って捨てた。

言ってしまえば、それに尽きるが。翼の言い様があまりにも翼らしくて……つまりは露骨すぎて、哲史としても苦笑するしかない。

それでも。

「三十人だよ、蓮城君」

予想外の多さに驚いて、

（げっ……マジでか？）

ＯＮとＯＦＦでバッチリとハモる哲史と龍平だった。

「うわぁ、スゴイ」

（ビビリ菌の感染力って、スゴイな）

哲史がひっそりと嚙《か》み潰《つぶ》すと、以心伝心のごとく、

「あいつら、ホントに口先だけの根性ナシだったんだ？」

あっけらかんと辛辣《しんらつ》に、龍平がそれを口にする。

世間で言うところの常識よりも若干個性的である龍平の物事に対する判断基準は、

『ＹＥＳか、ＮＯか』

二者択一の白黒よりも、

『許せることと、許せないこと』

その優先順位である。

翼とは別口で、感情論とは次元の違うところにいると思われがちな龍平だが。実際には、そのボーダーラインがくっきりと明快である。

そんな龍平の性格を見知っている哲史には、今更であったが。天然脱力キング——と言われる普段の龍平が龍平だから、そういう暴言まがいな口調にはどうにも違和感を覚えてしまうの

か、深見たちは揃って何とも言い難い顔をした。

（まっ、龍平……だからなぁ）

読み違えているというより、龍平の場合は思考回路が柔軟すぎて、一般人《パンピー》の常識論には当てはまらないだけだったりするが。

それにしたって。欠席者がそんなにいるとなれば、クラスとしての機能は完全に麻痺《まひ》状態だろう。

「もしかして、学級閉鎖……になってしまうんですか？」

「いや、閉鎖にしてしまうとますます出てくる意欲も削《そ》がれてしまうからね」

（そっかぁ……。だから、緊急クラス会——なんだ？）

具体的な数字を前にして、哲史は深見たち教師や保護者が抱く切迫感を初めて実感する。むろん、実感はしても共感するには至らなかったが。

「それで、一年の学年主任から、そのクラス会のオブザーバーとして、ぜひ、君たちにも参加してもらいたいと。そういう話が来ているんだが……」

まさか、そんなことを言われるとは思ってもみなくて。哲史は、

「……え？」

哲史は啞然《あぜん》と声を吞む。条件反射で思わず隣の翼を見やると、わずかにひそめられた眉間《みけん》にはありありと『不快』の二文字が刻まれていた。

（う…わぁ……。翼、マジでヤバそう）

何より、強制されることが大嫌いな翼であるから。ましてや、この場合は因縁絡みも相当にこじれてきているので。ただの意固地ではなく、相手が誰であっても絶対に首を縦に振るとは思えない。

翼の辞書《ポリシー》には、

『売られた喧嘩《けんか》は利子を付けて三倍返し』

その実行力はあっても、

『とりあえず相手の顔を立てて事を穏便に済ます』

——という一文はないのである。

ブスくれてガン垂れるくらいならまだ可愛げもあるのだろうが、翼の場合、確信犯で相手を逆撫《さかな》でにするくらいのことは平気でやってのけるから始末に負えない。それで、逆上して先に手を出してきたところを三倍返しの返り討ちにする。

哲史が思うに。あれは、小学校時代、相性が最悪であったクラスの担任に、

『どんな理由であれ、喧嘩は先に手を出した方が悪い』

そんなふうに一方的に決めつけられたことがトラウマになっているのだ。翼の『担任潰し』の異名も、その担任との確執から始まったと言っても過言ではないだろう。

しかも。意固地——とは縁がなさそうに見えて、実は、こうと決めたらテコでも動かないこ

とにかけては翼の向こうを張るどころか遥《はる》かにその上を行く龍平も込みで……ともなると、哲史のため息もどんよりと重い。

「あの……深見先生」

　こうなれば、翼の暴言毒舌に拍車がかかる前に、龍平の顔から笑顔が消えてムッツリと黙り込んでしまう前に、きっちり押さえるところは押さえておくに限る。

「何かな？」

「そのオブザーバーの話って、俺たちにも拒否権はあるんですよね？」

　わずかに身を乗り出して、単刀直入に哲史はそれを口にする。

「ないとは言わないが……」

「じゃあ、パスさせてください」

　問答無用で即答する哲史に、

「杉本。いくら何でも、いきなりそれはないだろう？　もっと、深見先生の話を聞いてからでもいいんじゃないか？」

　久保が横から異議を挟む。

　教師組にしてみれば。事の成り行き上、翼と龍平はダメ元でも、最悪、哲史にさえ『ウン』と言わせればどうにかなる。そう、思っていたのではないだろうか。誰がどう見ても、三人の中で一番取り込みやすそうなのは哲史に決まっているし。

だから、深見もそのつもりで、最初から哲史に話を振ってきたのだろう。

その哲史が、まさか、ソッコーで拒否するなど……予想外の計算違いもいいところだったのかもしれない。

「でも、久保先生。おかしいですよ」

「おかしいって……。何が？」

「一年生の緊急クラス会に、どうして、上級生の俺たちがしゃしゃり出なくちゃならないんですか？」

「どうしてって……」

「そんなの、場違いっていうより、まるっきり筋が通らないんじゃないですか？」

普段はおとなしめの哲史《パンピー》だが。必要であれば、その場に応じていくらでも饒舌《じょうぜつ》になれる。筋が通らないことにあっさり丸め込まれるほど、気弱な性格をしているわけではないのだ。翼と龍平の二人があまりに派手派手しく両極端に弾《はじ》けきっているので、他人目には、その守り役の哲史の存在がどうしても希薄になってしまうのはしょうがないが。

だから、たいがいの連中は哲史の性格を読み違えてしまうのだ。それは、教師といえども例外ではない。

「だいたい、ここに、俺たち三人が呼び出される意味がわかりません」

「だから、それは、その……」

哲史が突きつけた正論に確固たる反論のしようがなくて。あるいは……ゴリ押ししている引け目でもあるのか。久保は真っ直ぐに見据える哲史の視線を避けるように、束の間、フラフラと目を泳がせる。

「不登校の問題は一年五組の問題であって、部外者の俺たちが立ち入るべきではないと思いますが？」

あえて『部外者』であることを強調する哲史に、深見は小さくため息をこぼす。

「杉本君。先生たちは、一年五組の生徒たちには全員速やかに復学してもらいたいと思っている。そのために、君たちの力を借りたいと思っているだけなんだが……」

「だから、何のために俺たちが必要なんですか？」

哲史は下腹に力を込めて、深見を見やる。

眼力勝負で深見に勝てるなどとは思っていないが、それでも、ここで踏ん張れるだけ踏ん張っておかないとあとの反動が怖い。

嫌なものは、イヤ。

できないことは、できない。

のりたくない話は、拒否する。

やってもみないうちからダメ出しするのは反則――なのかもしれないが。それが安易な『逃げ』だと思われるのは、癪《しゃく》だが。

嫌われるのが怖くて、言いたいことも言わないで。きちんと主張することもしないで、後悔して。それで、なぁなぁ……で済《な》し崩しに押し切られてしまうよりはマシだった。

「そこをクリアにしないと話ができない。そういうことなのかな？」

「——違います」

話をする以前の問題である。

深見たちは教職者としての責務として、一年五組の不登校問題を有耶無耶《うやむや》にはできないと思っているのかもしれないが。根本的なところで読み違えているのだ。見た目まんまな翼のプライドの在り処《あか》と、見た目とは微妙にズレている龍平の矜持《きょうじ》の在り方を。そして、おそらくは哲史の立ち位置《スタンス》も。

(俺たちに何をさせたいのか知らないけどさぁ。よりにもよって、翼と龍平を込みで同席させようなんて無謀なチャレンジャーもいいとこ)

翼の暴言毒舌は周囲を凍らせるブリザードだが、本性は苛烈《かれつ》な溶岩流である。高校生になって、その片鱗《へんりん》はチラリとも見せてはいないが。

一年中春の日溜まり状態の龍平だって、いったんブチキレてしまうと季節外れの突風どころか超弩級の竜巻《ハイパー・スペシャル タービュランス》になってしまう。

そんな二人の逆鱗《げきりん》を逆撫でにしかけた連中を救済するためのオブザーバーなど、話の根幹から して間違ってるとしか思えない。台風の中に、威力の異なる爆弾《ミサイル》をふたつブチ込むようなものだ。

（まとまる話もズタボロになっちまうってのが、なんで、わかんねーかな）

学校側がこの問題に苦慮しているのはわかるが、その対応がズレまくっているような気がしてならない。

「ハッキリ言って、俺は、一年五組の問題にこれ以上ヘタに首を突っ込みたくないと思っているだけです」

「どうして？」

「俺たちが口を挟むと、絶対にこじれるのがわかりきってるからです」

それだけは、きっぱりと断言できる。

「それは、君たちが部外者じゃないって言ってるのと同じことじゃないのかな、杉本君」

確かに。部外者を持ち出したのは、哲史だが。一年五組の不登校問題にはある意味、ずっぽり深々と関わっているのかもしれないが。それはあくまで結果論であって、その揚げ足を取られるのは哲史としても業腹だった。

「俺が言いたいのは、そういうことじゃなくて……」

思っていることが相手に伝わらないもどかしさに、哲史は、つい唇を嚙《か》みしめる。

――と。

「あのぉ、深見先生。ちょっと、聞いていいですかぁ？」

質疑応答の手順を踏むように、龍平がまったりと右手を挙げた。

「何かな、市村君」

「先生たちは、不登校になってる連中を、なんでそんなに復学させたいんですか？」

瞬間。深見たちは、虚を衝《つ》かれたような顔をした。

「なぜ？……って、それは、教師として当然のことだろう？」

「どうして当然なんですか？」

「どうしてって……」

今になってそんな基本中の基本を聞かれるとは思ってもみなかったのか、さすがの深見も言葉に詰まる。

「市村。おまえ、何が言いたいんだ？」

一組の担任である藤代《ふじしろ》が、たまりかねたように口を挟む。

「学校に行きたくないっていうのは本人の気持ちの問題でしょ？　だったら、周りが……先生たちがシャカリキになってもしょうがないんじゃないかなぁ…って」

「市村……。だから、その解決策を話し合うために、保護者を交えて緊急クラス会をやるんだろうが」

「そんなの、おかしいじゃない」

「何が？」

「クラス会で、何を解決するわけ？」

「市村ッ。何を、訳のわからんことを言ってるんだ、おまえはッ」

まるで要領を得ないことに苛《いら》ついたように、藤代の声も尖《とが》る。

しかし。

「訳わかんないのは、一年五組の親じゃないのぉ？」

龍平の口調は揺らぎもしなかった。

「だって、あいつらが不登校になってんのは自分のやったことが正義感気取りのよけいなお節介だって認めたからでしょ？　無神経な暴言吐きまくって、バカ丸出しな自分があんまりみっともなくて学校内で顔上げて歩けないからじゃないの？」

それは、ある意味、禁句であったのかもしれない。

「自分の言ったこととかやったことに絶対の自信があるなら、誰に何を言われても不登校なんかになったりしないはずでしょ？　あいつら、そんな自信の欠片《かけら》もないから、シッポ巻いて逃げてるだけじゃない」

学校側としては、できれば触れないでおきたいブラック・ボックスだったかもしれない。

そこをずっぽり容赦なく抉《えぐ》られて、深見たちは言葉もなく黙り込む。まさか、龍平がそこまであからさまなことを口にするとはまったくの予想外――だったのかもしれない。

「ハッキリ理由がわかってるのに緊急クラス会なんて、何考えてんのかなぁ……って感じ。親

「バカ通り越して、いい恥曝《はじさら》し？　ねぇ、テッちゃん？」

いきなり振られて、思わず、コクコクと頷《うなず》いてしまいそうになる哲史だった。

「だいたいさぁ、自分勝手な正義感を押しつけてテッちゃんを傷つけて『ごめんなさい』も言わずにバックレてしまうような奴らなんか、ウザイだけだし。別に、このまま出てこなくてもいいよ」

龍平はいっそサバサバと本音を吐きまくる。

（ちょっと、龍平……。おまえ、本音漏らしすぎ）

内心、哲史が焦りまくるほどに。龍平にしてみれば、それはもう派手に公言してしまった台詞《こ》でもあるし、今更隠すほどのことでもない――のかもしれないが。この場でそれを駄目押《と》しされてしまうと、やはり、ハラハラしてしまう。

「市村。おまえ、ホントにそう思ってるのか？」

藤代の顔は、わずかに引きつっている。いくらオフレコとはいえ、教師として、それは聞き捨てにできない暴言のように聞こえたのかもしれない。

「思ってるけど？」

何の迷いもためらいもなく、龍平は即答する。

「俺、テッちゃんを『卑怯《ひきょう》者』呼ばわりした奴ら、絶対に許さないから」

激情に駆られて声を荒げているわけではないのに、いつもの龍平の口調からまったり感が抜けてしまうだけで体感温度が下がる。なのに、灼《や》けるようなヒリヒリ感……龍平の本気は痛いほど伝わってくるのだ。

「だけど、それは言葉の行き違いというか……思いこみっていうか、その場のノリでつい——そういうこともあるんじゃないのか？」

藤代にしてみれば、角の立たない建て前論で、何とか龍平を言いくるめてしまいたかったのかもしれない。

いや……。年長者としてのプライドで、あるいは担任としての義務感で、それができるはずだと思いたかったのかもしれない。

「じゃあ、藤代先生は、一番大事な友達がそんなこと言われてもヘラヘラ笑っていられるんですか？　平気な顔して、冗談にしてしまえるんですか？」

痛いところを衝かれて、藤代は言葉を失う。

「そんなのはただの偽善者で、ホントの友達じゃないよ」

投げつけられた言葉は、時として殴られるよりも痛い。その痛みを、龍平は……哲史は誰よりもよく知っている。

だから、龍平は許さないのだ。たとえ、哲史が彼らを許すと言ったとしても……。それが、哲史の本心ではないと知っているからだ。

泣きたくても泣けなかったとき、龍平は哲史の分まで泣いてくれた。何でもない振りをして傷ついたときには、何も言わずにギュッと手を握りしめてくれた。けれど、嬉しいときには一緒になって心から喜んでくれた。

そうやって、翼とはまったく違う方法で、龍平はいつでも哲史を満たしてくれる。それが、哲史はすごく嬉しい。

何も言わないでわかってもらおうなんて、そんなのはただの甘えだと哲史は思っているが。それでも、口にできない言葉はある。言えない気持ちも……ある。

黙っていても通じ合えるのが親友――なんて、決めつける気はないが。言葉で語らなくても分かり合えるモノはある――と思う。それをシンパシーと言うのなら、哲史は確かにそれを感じる。龍平にも、そして……翼にも。

「何がイヤだとか、どこが辛《つら》いとか、どんなふうに痛いとか。そんなのは人それぞれで、違うでしょ？　だったら、自分がされて嫌なことは言わない・しないっていうのが基本の基本なんじゃないの？　そんなこともわかんないようなバカは目障りなだけだから、家の隅っこでひっそり腐れてればいいじゃない。なのにさぁ、そういう奴をみんなで大騒ぎして連れ戻す必要がどこにあるわけ？」

見知らぬ他人が聞けば、それは過激な暴言かもしれないが。それがそのまま、哲史の本音でもある。だから、哲史は何も口を挟まなかった。

「それだったらさぁ、暴言吐いた奴らがテッちゃんに謝るのが先じゃない？　順番が逆だと思うんだけど」

ここまで問題が悪化してしまったら、今更謝罪されても嘘くさいだけだが。

すると。何を思ったのか、深見は翼にその視線を向けた。

「蓮城君も、そう思ってるのかな？」

「――何が？」

「だから、緊急クラス会なんてやるだけ無駄……とか」

「ムダだろ」

あっさりと、翼は断言する。それこそ、このタイミングで、そんな質問をするだけ無駄のような気がする哲史であった。

「市村君が言うように、不登校は自業自得の自己責任だから？」

「意味ねーから」

「それは、蓮城君的にはどういう意味……だったりするのか、聞かせてもらっていいかな」

「なんで？」

「杉本君と市村君の主張はしっかり聞かせてもらったから。だったら、ぜひ、君の意見も聞きたいと思ってね」

（うわぁ……。深見先生、強心臓のチャレンジャーだよなぁ）

それは哲史の思い込みだけではなく、三人の担任も同意見であるのだろう。深見を凝視する

彼らの目は、

——深見先生、それってマジですか？

——そんな、わざわざ寝た子を起こすようなことをしなくても……。

——やめましょうよ、深見先生。これ以上のドツボは……。

ある意味、戦々恐々として、その意図するところは非常にわかりやすかった。

「だったら、ついでに俺も聞きたいんだけど」

「何を？」

「俺たちをオブザーバーに……って、話。それ、誰が言い出したわけ？」

（あー……。それは、俺も聞きたいかも）

いったい、誰が。

何のために。

哲史たち三人を表舞台に引っ張り出そうというのか。

「それは、五組の保護者だと聞いてるが」

「ふーん……。それって、結局、俺たちを呼び出してその場で吊《つ》るし上げにしたいってことなんだよな？」

やはり、そういうことなのだろうか？

（だったら、スゲー不愉快っていうか……。おまえら、どこの何様？……って感じなんだけど）

思わず、哲史の双眸《そうぼう》も強《きつ》くなる。

「吊るし上げじゃなくて、何がどうなっているのか、君たちの口からもちゃんと意見が聞きたいってことだろう」

「そうだぞ、蓮城。言い方ひとつで立たなくてもいい角が立つじゃないか」

それまで一言も出番のなかった七組担任の広瀬《ひろせ》が、やんわりとたしなめるように言った。

哲史に言わせれば、それは逆効果にしかならないと思うのだが。学年主任の手前、広瀬も翼の担任として、自分もここで一発、何かをアピールしておかなければならない……という強迫観念に取り憑《つ》かれているのかもしれない。

案の定。広瀬は、翼の冷たい一瞥《いちべつ》を浴びて、ヒクリと言葉を呑み込んでしまったが。

「ちゃんとした意見って、何？」

「そもそもの原因と、ここまで問題が大きくなってしまった経緯と、どうすればより良い決着を導き出せるのか。つまりは、そういうことじゃないかな」

「それは学校側の希望的観測であって、五組の保護者の言い分とは違うんじゃねーの？」

「だったら、その齟齬《そご》をなくすためにもぜひ、君たちにはオブザーバーとして立ち会ってもらいたいと思うのだがね」

「それって……たとえ茶番でも、セッティングした場所で正々堂々と主張しない奴には文句を垂れる権利も資格もないって、言いたいわけ？」

「呼ばれてもいないのにしゃしゃり出るのと、ぜひにと懇願されて席に着くのとでは、大きな違いがあると思う。一年五組の保護者に対しても、興味津々に成り行きを見ている周囲に対してもね。そんなことはたいした問題じゃないと君たちは思うかもしれないが、無駄に敵を作る必要はないだろ？」

頭ごなしに押しつけるのではなく、正論を振りかざすのでもなく、深見は翼と同じ目線でそれを提案する。

そんな二人のやりとりを聞いていて、哲史は、

（深見先生って、上手《うま》いなぁ）

素直にそう思う。

いや。先ほどまでの自分たちとの会話は、すべてこのための口慣らしではないか――とさえ思えた。

翼を相手にすると、たいがいの大人は激昂《げっこう》するか腰が引けるか。そのどちらかなのだ。もしくは、翼が黙殺するか……。なのに、深見はちゃんとまともに翼と会話をしている。それは、哲史にとっても小さな驚きであった。

だから。翼が教師ときちんと向き合っているという現実が、だ。

翼にとって『教師』は、鬼門であっても慣れ親しむ相手ではなかった。

中学までは確信犯で落ちこぼれていたこともあり、教師と名の付く者との相性は最低最悪。

それが高じて必然的に、担任とは、軋轢《あつれき》と確執と冷戦のトライアングル状態であった。

哲史の記憶する限り、翼との距離感を見極めるのが一番上手かったのは唯一、中学三年時の担任である加賀谷《かがや》だけだ。それでも、翼が加賀谷に気を許しているとは言い難かったが。

翼には不可侵の絶対領域というモノがあって、そこに許可なく、無神経に土足で踏み込んでくるバカが嫌いなのだ。

加賀谷は新任の体育教師ではあったが、体育会系にありがちな熱血ではなかった。つまりは、翼に潰《つぶ》されなかった担任は加賀谷だけ……ということなのだが。

どこか朴訥《ぼくとつ》とした青年教師であった加賀谷と醸し出す迫力が並みでない学年主任の深見では、似たところなどどこにもないが。そのアプローチの仕方もまったく違うが。翼とまともに会話ができる教師というだけでも、哲史の中では無条件に格付けが上がる。

その深見は、

「与えられた場を頭ごなしに拒絶するよりも、臨機応変に活用してみるのもひとつの手じゃないかな」

落ち着きのある口調で淡々とそれを勧める。

(臨機応変って……どういうこと?)

哲史には、今ひとつ、深見の謎かけがわからなかったが。それを、どういうふうに受け止めたのか。翼は、わずかに逡巡《しゅんじゅん》すると、

「──なら、ひとつだけ条件がある」

言い切った。

「条件？」

「俺たちをオブザーバーで引きずり出したいのなら、一年五組の奴らも全員参加させろ。そしたら、出てやってもいい」

とたん。

「何を言ってるんだ、蓮城」

「そんな条件、呑めるはずないだろう」

「何のための緊急クラス会だと思ってるんだ」

久保が。

藤代が。

広瀬が。

「いくら何でも口が過ぎるぞ」

「これはゲームじゃないんだ」

「もっと、真剣に考えろ」

教師としてのプライドが邪魔をするのか。それとも、未成年の教え子に言い負かされたままでは引き下がれないのか。異口同音に言葉を荒げて顔をしかめた。

――が。

「出るか、出ないか。それを決めるのは俺たちの自由だろ？　強制する権利があんたたちにあるわけ？」

冷たくジロリと視線で舐《な》め回されて、三人が同じように言葉に詰まる。

（だからぁ、マジ・モードのスイッチ入った翼に口で勝てるわけないってば。先生たち、ちょっとは学習しないと）

哲史のため息は止まらない。

これで翼の声のトーンが冷ややかにもう一段階落ちたりしたら、それぞれの担任は確実にドツボに直行……だろう。

「俺は別に、欠席裁判で何を言われても構わねーけど？　小事を大事にして恥をかくのは俺たちじゃなくて、根性ナシでケツまくってる奴らのバカ親だし？」

ここまで事が大きくなると、深見も言っていたように個人の問題と静観しているわけにもいかず、学校側としても重い腰を上げざるを得ないのだろう。

だから。できれば、保護者の要請にはきちんとした形で応《こた》えたい。そうすれば、学校側のメンツも立つ。つまりは、そういうことなのだろう。

哲史としては、わざわざ時間を割いてまで一年のクラス会などに出る気はまったくなかったが。親だけではなく子どもも込みで出てくるのなら、オブザーバーとして出る価値はあるかもしれない。

翼が、それを口にしたときにはさすがにビックリしたが。まさに、臨機応変——発想の逆転だったりするのだろう。

(そういうのも、あり……かな)

今更、正義感気取りの連中に言い訳がましい弁解をしようとは思わないが。それでも、この際、大本の勘違い——翼が親衛隊をシバき倒した理由くらいはハッキリさせておいた方がいいかもしれない。

(これから先のこともあるし?)

二度あることが三度ないとは言い切れないだろう。

沙神高校の暗黙の掟《おきて》……なるモノを、当事者が口にするのも『なんだかなぁ』なのだが。それで無用なトラブルが少しでも回避されるのなら、それに越したことはないし。

(……いいかもしんない)

すると。そんな哲史の気持ちと共鳴したように、

「あいつらが出てくるなら、俺、オブザーバーやってもいいかな。どこのどいつがテッちゃんに暴言吐いたのか、ちゃんと顔も見ときたいし。やっぱり、みんなの前でバッチリ宣言しちゃった以上、ちゃんと名前と顔を確認しとかないと、相手に対しても失礼だよね?」

龍平が、ニッコリ笑った。

——それって、違うからッ。

藤代は、思いっきりそれを言いたそうな顔をしている。

だが。口に出せば三倍増しで墓穴を掘るかもしれないと思ったら、無理にでもそれを呑み込むしかないのだろう。

「深見先生。翼の言った条件がOKなら、俺も出ます」

瞬間。

——杉本ぉぉ、そりゃねーだろぉッ。

とでも言いたげに、久保の唇がヒクヒクと引きつった。

「面倒なことはまとめて一度で済ませてしまった方が後腐れがなくて、いっそスッキリしますよね?」

どっちに転んでも……。

言ってしまえば、それに尽きる。残念ながら、その問いかけに対する明確な答えは返ってはこなかったが。

「じゃあ、そういうことだから」

傲岸不遜《ごうがんふそん》というには冷ややかすぎる口調で翼が席を立つと、

「あー、もう四十分も無駄《ロス》にしちゃったよぉ。黒崎先輩に怒られちゃうかなぁ、俺」

龍平もブツブツと愚痴りながら立ち上がり。それでも、

「テッちゃん、じゃあね」

哲史に一声かけることだけは忘れない。

そうやって、翼と龍平が教師陣を振り返りもしないでサックリと出て行ったのを見届けて、

「えっ…と、じゃあ、そういうことでよろしくお願いします」

哲史は席を立って、深々と一礼した。

そのとたん、深見が何とも言えない顔つきでどっぷり深々とため息をついたが。それは、哲史の関知するところではない。

学習室をあとにする哲史の足取りは、入って来たときよりも若干軽かった。

＊＊＊＊＊　II　＊＊＊＊＊

冴《さ》え渡る青空が眩《まぶ》しい。

いつものように。

ざわめく校舎に昼休みを告げるチャイムが鳴り響く中、鷹司慎吾《たかつかさしんご》と藤堂崇也《とうどうたかや》は肩を並べて学生食堂に向かっていた。

癒《いや》し系美人の鷹司。

ワイルド系美男の藤堂。

一年の時から正統派美形コンビと言われてきた二人は、まるで勝ち組の王道を行くように、いつでも余裕の笑顔を絶やさないのがトレードマークでもあったわけだが。今日の二人はいつもと違って、その顔つきはまるで冴えなかった。

擦れ違う者たちが、

「あれ？」

「なんだ？」

「どうしちゃったんだ？」

小首を傾げて、ふと漏らさずにはおかないほどに。

——いや。

厳密に言うのであれば、翼が親衛隊の連中をシメたついでのオマケで二人の名前を口にして以来（むしろ、そこに翼の確信犯的な計算高さを感じないではいられないが）鷹司と藤堂の周囲は何かと目まぐるしい。

おい。

……ちょっと、待て。

なんで。

……そうなる？

思わず言葉を呑んで愕然《がくぜん》としている間に、否応なしに最前線に押し出されてしまった。

——嘘だろ。

——マジかよ。

——冗談、だろ？

笑おうにも笑えない展開がすっかり出来上がってしまっていた。

い、い、い、い。

そういうつもりなど更々なかった二人にとっては、互いの顔を見合わせたまま、まさにため息の嵐……である。

自称『親衛隊』のリーダーであった佐伯以外のメンバーが揃って不登校になってしまったのは、翼の容赦ないブラック大魔王ぶりに完璧ビビリ上がってしまったことが原因であるのは間違いない。問題は、翼が鷹司と藤堂の関わりをすっぱ抜いた(佐伯にサブバッグで顔面を叩かれて怪我をした哲史を保健室に連れて行ったのが、たまたま偶然それを目撃してしまった二人なのだった)ことにより、彼らが、

『杉本哲史に対する暴行事件の加害者として生徒会執行部から呼び出しを喰うかもしれない』

そう思いこんでしまったことも不登校の一因になっているのではないかと、まことしやかに囁《ささや》かれている点である。

本当に彼らがそう思っているかどうかは、わからない。現実問題として不登校になっている以上、彼らの真意を確かめようがないからだ。

もしも、彼らが本当にそう思い込んでいるのなら……ため息を漏らすしかないが。

どちらにしろ。実際にそういう噂がまかり通っていること自体、生徒会執行部としては頭痛の種であった。

誰が、どこから、どう見ても。それが親衛隊メンバーに対する翼の報復……悪意の刷り込みであることは疑いようもないことで、不登校事件の、それもいきなり『影の主役』もどきになってしまった執行部会長として、藤堂は、

(…ったく、タチ悪すぎ)

まさに舌打ちでもしたい心境だった。

彼らを締め上げるために、翼がまるっきりのデマカセを口にしたのであれば話は別だが。そこに明確な悪意はあっても、藤堂と鷹司がその現場にいて哲史を保健室に連れて行ったという事実は動かない。だから、だ。

生徒会執行部会長と副会長。

常ならば何の変哲もないはずの肩書きが、妙なところで変に重い。

下手に弁解などしようものならかえって火種が大きくなるのはわかりきっているから、二人は興味本位に何を聞かれても『ノー・コメント』を貫いている。それが更に噂を煽《あお》っているのもまた、現実であったが。

──俺たちに、何を、どうしろって言うわけ？

藤堂にしてみれば、あからさまに愚痴り倒したいところである。生徒会長としてのプライドが、それを言わせないだけで。

蓮城翼＝すこぶる質《タチ》の悪すぎる確信犯。

遠巻きに眺めているだけなら問題はないが、今や、他人事《ひとごと》ではなくなってしまった。それもあって、翼に対する藤堂の心情はレッド・レベルを振り切ってしまった。

昼休み特有のざわめきの中、ゆったりとした足取りで廊下を歩きながら、

「慎吾……。聞いたか？」

何を——とは言わず、藤堂が口火を切る。このところ、毎度お馴染みの台詞《せりふ》になりつつあるのは、どうかと思うが。

「蓮城君の爆弾発言の話?」

打てば響くように……とは言い難い声音の低さで、鷹司が応じる。単なる内緒話でないのは一目瞭然《りょうぜん》ではあるが。

それでも。

「まったく、なぁ」

「ホントに、ねぇ」

期せずしてため息まじりにハモる二人の息の合ったツーカーぶりは、相変わらずだった。

二人にとってはいきなり降って湧いたような、一学年の緊急クラス会のオブザーバー話。断れるものならば断ってしまいたいのは山々だが、教頭から直々の要請であれば、拒否権を行使することもできない。

学校側とすれば、保護者からの要請に対して、やるからには万全の態勢で臨みたい。その意気込みであったのだろう。何と言っても、藤堂も鷹司も、一応、当事者の端っこにいることではあるし。

だから、それはそれでしょうがない。そう思っていたのだ。

なのに、だ。

もう一方のオブザーバー組……藤堂に言わせれば、『それって、ありえねーだろ』……的な翼がそれを受けるために突きつけた条件を三学年主任の本田《ほんだ》から聞かされて、ある意味——絶句。

ホントにッ。

……もう。

やってられっかよッ！

藤堂はマジで、その場で脱力——いや、履いていた上履きを脱いで思うさま叩き付けてやりたくなった。

「なんで、あいつらは、無駄に話をデカくしたがるんだ？」

言いたくはないけど、言わずにはいられない。

自分のテリトリーではないところで振り回される苛立《いらだ》たしさも加わって、藤堂の口調はそれと知れるほど苦り切っている。その真意を察して、

「んー……ブッちゃけ、蓮城君がどこを見てるのか——だよね」

鷹司は片頰で笑う。

事ここに至っては、鷹司としても笑うしかないのかもしれない。翼の確信犯ぶりがあまりに露骨すぎて……。

あの三人に話がすんなり通るとは思えなかったが、まさか、そういうことになるとは鷹司も予想できなかった。つまりは、そういうことなのだが。

——なんだ、そうクルか？

と、言うよりは。

——やられた……。

いきなりの不意打ち感。

そしたらもう、笑うしかないだろう。

——ホント。侮れないよねぇ……。

そうすると。いつもの人好きのする、はんなりとしたアルカイック・スマイルがずいぶんと強調されて、鷹司の本性が透けて見える。……ような気がするのは、あながち藤堂の気のせいでもないだろう。

鷹司との付き合いも三年目。生徒会執行部の会長&副会長のコンビになってますます親密度がアップした……などと言われている二人だが。一見、まろやかで棘《とげ》も毒もないような『癒《いや》し系』鷹司の素顔が思いのほか喰えない策士であることを知っているのは、おそらく、藤堂くらいなものだろう。

他人には見せない『顔』を垣間見《かいまみ》ることの、刺激と快感。そして、満たされる独占欲と密《ひそ》やかな満足感。

だが、その元を辿《たど》れば同じ中学出身の後輩である三人組《トラブルメーカー》が絡んでいることを思うと、それはそれで、少しばかりおもしろくない。

傲岸不遜《ごうがんふそん》な言動があまりにも似合いすぎて怖い、超絶美形なカリスマ。

底抜け・枠ナシな天然脱力キングである、バスケ部の王子様。

タイプの違う大物二人の唯一のコントローラーであるのに、なぜか、パンピーに擬態してなかなか本性を見せない幼馴染み。

そんな奥が深すぎる三人組の中学時代《過去》に精通しているはずの鷹司がすべてのカードをさらけ出しているわけではないことも、わかっている。それは鷹司自身のポリシーの問題であり、ことさらに隠し事をしているなどと思っているわけではないが、やはり、眼前に立ち塞《ふさ》がっている問題解決のためのカードが不足しているという感じは否めない。

その一方で、藤堂個人としては、これ以上トラブルメーカーな三人組には関わり合いになりたくない——というストッパーが心のどこかにあるのだ。興味本位で頭を突っ込んだら足抜けできなくなりそうで、何となくヤバイ。そんな気がして。

鷹司の、彼らに対するある種の距離感も、それを危惧《きぐ》しているからではないか。そんなふうにも思えて……。

だから、最低限、執行部会長としてのスタンスは崩したくない。

そう、思っているのだが……。

「潰《つぶ》したいのか、引っかき回したいのか。それとも、ほかに何か狙ってるのか……。藤堂は、どれだと思う?」

いつになく真剣なトーンで問われると、妙に疼《うず》くモノがあって。

それでなくても。『潰す』だの『引っかき回す』だの、鷹司の言っていることが、まだやってもいない緊急クラス会が大荒れになるに違いないことを前提にしているから、よけいに。

いや……それを言うなら。最初にオブザーバーの話が出たときに、

『俺に言わせりゃ、最初から核弾頭ふたつブチ込んでどうすんだ?――だけどな』

それを鷹司に愚痴ったのは藤堂だったりするが。

更には、ついでのオマケで、

『あいつらを引っ張り出すんなら、玉砕覚悟で来いッ!』

――とも、言ったが。

まさか、翼が、遥《はる》かその上を行く『条件』を突きつけてくるなどとはまるっきり予想もしていなかった。

つまりは、その認識すらもが甘かったということなのだろう。

只者《ただもの》じゃない、大物。

「そりゃあ、売られた喧嘩《けんか》はきっちり買って三倍返し……が基本の蓮城だからな。ただのデモンストレーションってことはないだろ」

「……だよねぇ」

「ゴリ押しされて、かえって闘争心に火がついちまったんじゃねーか？」

二学年の学年主任である深見の威圧感のある眼差《まなざ》しを思い浮かべて、藤堂は、何とはなしにため息を漏らす。本田から詳しい話を聞かされたわけではないが、翼と深見では、どこから見ても天敵モード炸裂《さくれつ》状態だったのではなかろうかと。

「ウン。頭ごなしに強制されるのって、蓮城君、一番嫌いなパターンみたいだし？」

鷹司も言外に、それを匂わせる。

「条件を付けて、ダメなら出ない。逆にOKなら、バトル・モード全開……っていう最悪な意思表示のような気がする」

言うなれば、蓮城翼からの挑戦状？

藤堂だったら、絶対に受け取り拒否したいところだが。

「そこらへんの真意が、一年五組の保護者に正確に伝わると思う？」

「無理だろ」

あっさり言い捨てる藤堂に、他意はない。

そこらへんの実情がわかっているくらいなら、最初からあの三人組に同席を求めたりはしないだろう。その時点ですでに読み違えているのだから、あとはどっちに転んでもドツボに嵌《はま》るだけ……。

（うわぁ……。なんか、想像するだけで鳥肌立ってきた）

それこそ、鷹司が言っていた『親バカ殺し』が炸裂するのではなかろうか。できれば、そういう心臓に悪いモノはあまり見たくはないが。

「でも、まぁ、どっちかっていうと、蓮城君の出方はある程度読めるからまだマシだと思うんだけど……」

「何？　おまえが気にしてるのは蓮城じゃなくて、実は市村？」

チラリと鷹司を流し見る藤堂の目が、わずかに眇《すが》められる。

「うーん……。実際の話、ここまで大事になった原因っていうか、一年五組の連中がごっそり不登校になってるのは、市村君の爆弾発言がきっかけになったようなモンじゃない？」

それは、公然の事実だ。

「そりゃ、まぁな」

哲史を『卑怯者《ひきょう》』呼ばわりされて激怒するのは翼だと、誰もが信じて疑いもしなかったわけだが。実際に大爆発をしたのは、王子様な龍平だった。

「……でもって、その先に本命の蓮城君がバッチリ控えてるモンだから、みんなして、いつ仕返しされるかわかんないと思うと戦々恐々で二重にビビリまくり——ってとこ？」

あえて、鷹司が『仕返し』を強調したのは、それが問題を複雑にしているキーワードになっているからだ。もっとも、二、三年の上級生組と一年の下級生組とでは、その言葉に対する温度差は歴然としているが。

その翼は、いまだに不気味な沈黙を保ったままだ。

だからこそ皆は、今度の緊急クラス会の行方を（まだ調整段階だというのに、すでにバレバレになってしまっている）固唾《かたず》を呑んで見守っているのだ。

さすがに、藤堂たちがオブザーバーで出席することまでは漏れていないようだが。保護者の意向で三人組が同席することはほぼ決まり——のような噂が流れているのは事実だ。当然と言うべきか、情報源は一学年のクラスのある本館校舎らしいが。

「僕、いまだに市村君の思考パターンって読めないんだよねぇ。どっちかっていうと蓮城君は理詰めの確信犯ってとこがあるから、それなりに心構えみたいなモノを持ってられるけど。市村君は、逆に、こっちの予想もつかないことをスコーンとやっちゃってくれそう」

なにやら含みありありな鷹司に、藤堂はわずかに片頬を引きつらせる。

「慎吾ぉ……。あんまり脅かすなよ」

「実は、僕……白河《しらかわ》に頼みごとされちゃったんだよねぇ」

「白河？　女《じょ》バスの？」

「そう。女子バスケのキャプテンの白河遥奈《はるな》」

どうして、そこでいきなり白河の話になるのか……わからない。

「その白河が、何？」

「杉本君に紹介してくれないかって」

「はぁ？」

まるで話が読めなくて、藤堂は思わず奇声を上げる。

「何、それ？」

「藤堂、黒崎とは同じクラスでしょ？　何も聞いてない？」

確かに、男子バスケ部主将の黒崎とはクラスメートだが。黒崎がバリバリの体育会系なら、藤堂は筋金入りの総務部系。視線が合えばそれなりに話はするが、わざわざ名指しで話を持ちかけてくるほど親しいわけではない。

「俺、黒崎とは三年になって初めて……だからな。休み時間にバカ話で盛り上がったことは、まだないんだけど？」

「そっか……」

龍平が春の日溜まりな王子様なら、白河は、どこもかしこもキリリと引き締まった女王様である。モテない男どものヤッカミが聞こえてきそうなそのノリは、ほとんど宝塚であるが。

身長180cmを軽く超える白河の男前な凛々《りり》しさに比べたら、軟弱な男子は束になっても敵《かな》わない。鷹司は別に軟弱でもひ弱でもないが、それでも、ストイックで硬質な白河に比べたら醸し出す雰囲気は格段に柔らかい。誰が見ても一目瞭然《りょうぜん》である。

だから、白河は『男前な女王様』で、鷹司は『癒《いや》し系美人』なのである。

藤堂と黒崎の関係以上に、何も接点のなさそうな二人がいきなり急接近という寝耳に水な話を聞かされて、藤堂の鼓動はわずかに逸《はや》る。

「おまえ……白河に名指しで頼み事されるほど親しかったっけ？」

「ぜんぜん。個人的な話をするのは初めて」

しごくあっさりと否定する鷹司に、藤堂はホッとする。

「女バスの一年部員が駐輪場で杉本君を吊《つ》るし上げにしたメンバーの中に入ってたらしくて。それで、クラブを辞めるの辞めないのって、大騒ぎになってるらしいんだよ」

「うわッ……最悪」

龍平にしてみれば、女子部とはいえ、同じバスケ部員が暴言吐きまくりのメンバーに加わったとなればショックというより怒り倍増だろう。

「白河的には、今年の新入部員じゃイチ押しの子だから、何とか穏便に済ませられないかってことらしいんだけど……」

「それで、杉本？」

「……ウン」

「それって、相手が違うだろ」

思いっきり顔をしかめて藤堂がそれを言うと、鷹司は口の端で苦笑を漏らした。

「最初は、黒崎に相談したらしいんだけど。黒崎には、女バスの尻ぬぐいを男バスにさせるつもりか——みたいな、けっこう、どギツイ嫌味を言われたらしい」

「そりゃ、黒崎だって言いたくもないことまでズケズケ言いたくなるんじゃねーか？　なんたって、市村は男バスのエースだし」

何より、去年の二の舞（バカな三年部員が龍平に嫉妬《しっと》して挙げ句に哲史と龍平をホモ呼ばわりをし、龍平がキレて殴り合いの喧嘩《けんか》になった）だけは絶対に避けたいに決まっている。

そのために、バスケ部では、

【杉本哲史にチョッカイをかけて市村龍平を怒らせるな】

その誓いが徹底されたはずなのだが……。どうやら、女子部では、その教訓は生かされなかったらしい。黒崎にしてみれば、同じバスケ部の主将として白河にそんな相談をされること自体、ギリギリと歯軋《はぎし》り状態だったかもしれない。

「黒崎に門前払い食らった白河がおまえを名指しした理由って、やっぱ、おまえがあいつらの中学の先輩だから……なんだよな？」

「まぁ、そういうことらしい」

「それって、なんか……ムカつくんだけど」

「白河が思ってるほど、僕と杉本君って親しいわけじゃないんだけどねぇ」

例のアクシデントさえなければ、鷹司が彼らと同じ中学の先輩であることが学内中に知れ渡ることもなかっただろう。

もっとも、一年の頃から生徒会執行部にいた藤堂は鷹司よりも先に、鷹司の後輩が入学してくることを知っていたが。何しろ、その年は、推薦ではなく一般受験での『小日向《こひなた》中学の蓮城翼』が特進クラスでもないのにブッちぎりのトップ成績で、新入生総代を務めることが決まっていたからだ。逆に、それを知ったときの鷹司はまさに呆然《ぼうぜん》絶句……だったが。

その藤堂も、鷹司の後輩たちが『凶悪』『天然』『最強』を地でいくハイパー・スペシャル級のトラブルメーカーズなどとは予想もしていなかった。

「それだけ、白河も切羽詰まってるんだろうなぁ……って」

パンピーな男子生徒よりもよほど肝が据わっているに違いない白河は珍しくもどっぷり深々とため息をこぼし、鷹司に言ったのだ。

『ゴメン。ホントはこんなこと、鷹司に頼むのは筋違いだってわかってるんだけど。なんか、このまま、ただじっと待ってるだけじゃ何も解決しないんじゃないかと思って……』

白河としては、その女子部員が退部を口にしたまま不登校になってしまったことが一番の気掛かりなのだろう。

『市村が大事な幼馴染みを卑怯者呼ばわりにされて怒りまくる気持ちは、わかる。よぉぉくわかってるんだけど、でもそれって、大津《おおつ》が市村の言ったことにショックを受けて学校に出てこられなくなる気持ちでチャラにできないくらいに重いモノなのかな？』

口では龍平の気持ちがわかると言いながら、その実、白河の心情はずいぶんと女子部員寄りだった。それも、まぁ、仕方のないことなのかもしれないが。

鷹司は龍平ではないから、その気持ちを代弁することはできない。それでも、高校生でバスケ部のスター選手である龍平しか知らない白河よりも、中学時代の二年間を見てきた分、少しは龍平の――いや、彼ら三人のことがわかるから。

『チャラにできるとか、できないとか。重いとか……軽いとか。そういう問題じゃないと思うよ？　白河もその子も、根本的なところで読み違えてるんじゃない？』

その言葉が口をついた。

白河だけではなくて、おそらくは、周囲の傍観者たちのほとんどが感じているだろう――憤激の温度差。

だから、怒りの根源に在るモノだ。

『市村君は、杉本君を卑怯《ひきょう》者呼ばわりにされたから怒ってるんじゃなくて。たぶん、自分たちの正義感を振りかざして、集団で杉本君を吊るし上げにして暴言を吐きまくったことが許せないんだよ』

『それって……同じことじゃないの？』

『違うよ』

全然、まったく……違う。

それだけは、鷹司にも断言できる。

『鷹司の言ってる意味が、よくわからない』

どこが？

何が？

どう——違うのか。

白河には、それがわからないようだった。

龍平は。怒っているから許さないのではなく、許し難いことをしたから憤っているのだ。

許し難いことへの憤激。

龍平は……おそらくは、翼も。『許せること』と『許せないこと』の境界線がくっきりと明確なのだ。だから、翼は『三倍返し』を公言しているし、龍平の顔からは笑みが失《う》せてその口調は地を這《は》うのだ。

『その子たち、市村君の地雷を踏んだんじゃなくてゲキリンに触れちゃったんだよ』

その名前が示すとおりの、龍の逆鱗《げきりん》。

鷹司の思い違いでなければ、それは『天然脱力キング』と言われるほど感情の沸点が異様に高い龍平自身がどうのと言うより、二人の幼馴染み——特に哲史絡みで発動してしまうのだ。

それを、口にすると。何とも言い難い顔をして、白河は黙り込んでしまった。

鷹司に言わせれば。自分たちのやったことを真摯《しんし》に反省するでもなく、哲史に謝罪するでもなく、龍平に言われた言葉にショックを受けてクラブを辞めるの辞めないのと大騒ぎをする女子部員の神経がわからない。

「それで、白河が市村からターゲットを杉本に変えたのは、あわよくば杉本に市村を宥《なだ》めてもらって爆弾宣言を撤回させようとでもしてるわけ？」

あまりにもミエミエすぎて、頭痛がしてきそうである。

「部外者が横から口を突っ込むとよけいに話がこじれるだけだからって、一応、釘を刺しとい
たけどね」

実際には、もっと露骨な本音でもって白河の横っ面を張ってしまったのだが。

バスケ部の女子部と男子部に亀裂《きれつ》としこりが残ってしまっても、それは白河の自己責任でし
かないが。鷹司としても、緊急クラス会を前にして、これ以上、状況が悪化するのだけは避け
たかったからだ。

「白河、自分とこの部員可愛さで目がくらんじゃってんじゃねーか？」

「主将としての責任感もわかるけど、はたから変に掻《か》き回して欲しくないよね？」

「やったことの責任をきっちり取ってくれる根性と覚悟があるのなら、別だけどな」

「蓮城君と市村君を敵に回して？　無理じゃない？」

厳然とした事実を口にして、鷹司はため息をこぼす。

「……で。そのときに、白河が妙に気になることを言ってたんだけど」

「気になること？」

「そう。その女子部員、なんで自分たちだけが悪者扱いされるのかわからないって」

「わからないって……何が？」

「だから。そもそもの元凶は親衛隊との喧嘩に負けた腹いせに蓮城君に仕返しを頼んだ杉本君なのに、上級生は、どうしてみんなして杉本君ばかりを贔屓《ひいき》するのかって、言いたいんじゃないの？」

あんぐりと、藤堂は目を瞠《みは》る。

「市村にサイテー呼ばわりされたのがショックじゃなくて？」

「それとは別口で」

責任転嫁も、そこまでいくと笑えない。

「一番悪いのは杉本君だって、頑《かたく》なに思い込んでるみたいでさ。なのに、なんで自分たちがバカ丸出しみたいに言われるのかわからないって、その子、号泣してたんだって」

「そりゃ、どういう刷り込みなわけ？」

「……わからない。でも、その子だけじゃなくて一年五組の連中がみんなそういうふうに思ってたとしたら、そりゃあ、クラス会は荒れるだろうね。どっちに転ぶにしてもさ」

「それは……やっぱ、ヤバイだろ」

「マズイよね」

もしかしなくても、今度の緊急クラス会は、二人が予想していた以上の波乱含みであることは想像に難くない。

それを思って、

「俺たちがオブザーバーする意味、ないんじゃねーか？」

藤堂がどこか投げやりにそれを口にすると。

「今更、逃げるわけにもいかないしね。僕たちは、僕たちのやれる範囲で頑張るしかないんじゃない？」

鷹司は、ため息まじりにその言葉を吐きだした。

◆◇◆◇◆

その頃。

二年三組の教室では。

「テッちゃん、このダシ巻きサイコー」

いつもと変わらず、龍平は満面の笑顔だった。

「そう？　今日はちょっと、いつもより濃いめにしてみたんだけど。イケる？」

「ウン、イケる。すっごくウマイ」

「そっかぁ……。よかった」

味付けに関する限り、翼の父親と龍平の好みは似ているので。今日の出汁巻《だしま》きも龍平が『美味《うま》い』というのなら、間違いないだろう。

「でも、最近、いつもダシ巻き入ってるよねぇ。もしかして、おじさんも、お昼は弁当持ってくことにしたの？」

翼の好みの卵焼きは砂糖が入っている甘焼きで、出汁巻きではない。龍平もそれは知っている。だからだ。

「ウン。なんか、このところずっと忙しいらしくて、昼飯も外に食べに行く暇がないから弁当の方がいいって」

一見、物腰の柔らかな優男にしか見えない翼の父親――尚貴《なおき》は、その外見に似合わないほど遣《や》り手な敏腕弁護士である。だから、いつも忙しい。

だが、どんなに夜が遅くなっても、朝はきっちり定時に起きて哲史たちと食事を共にするのが日課だ。尚貴にとっては、それが、父親としての譲れないポリシーであるらしい。

もっとも。それができるようになったのも、哲史が蓮城家で一緒に生活するようになってからのことで。それまでは、尚貴がそうしたくても翼の方が面倒くさがってなかなか実現しなかった――らしい。

『朝っぱらから親父と顔を突き合わせても、話すことなんか何もない。そんな無駄な時間があるならギリギリまで寝ていたい』

それが、翼の言い分であったらしい。

夜更かしして、ギリギリに起きて、それで朝飯抜きで登校——なんてことも当時は珍しくないことであったらしいが。

いかにも翼らしいというか、何と言うか……。尚貴から苦笑まじりにそれを聞かされたときには、さすがに、どういうリアクションを取るべきか。一瞬、真剣に悩んだ哲史だった。

『だからね、哲史君。君がこの家で一緒に暮らしてくれることになって、僕は、とても嬉しい。まぁ、一番舞い上がってるのは翼なんだろうけど。あの子の我《わ》儘《まま》に付き合うのは、ほどほどでいいからね。慣れないこともいろいろあるかもしれないけど、哲史君はもうウチの家族なんだから、気になることがあったら何でも言って』

父親になりたいとは言わず、何でも話し合える家族でありたい——そう言った尚貴の柔らかな口調が身に沁《し》みて。哲史は、とても嬉しかった。

「そうなんだ？　だから、この頃テッちゃんの弁当って、ツッくんのとはビミョーにオカズの種類が違ってるんだ？」

それを言う龍平は、けっこう目聡《めざと》い。まぁ、自分の分とは別口で、毎日、哲史の弁当から好きなモノを見つけては遠慮もなく箸《はし》を突っ込む（たまにそれを翼でやって、周囲を凍らせることもあるが）龍平だから……と言えなくもないが。

「翼はやっぱ魚よりは肉系で、お父さんはどっちかっていうとあっさりした和風好み……だからなぁ」

ごくごく自然に尚貴のことを『お父さん』と呼べるくらいには、哲史も、蓮城家の家族として馴染んできたのかもしれない。

その尚貴、曰《いわ》く。

『この歳で、食欲魔神の高校生と同じ量《カロリー》は、さすがにちょっとね。翼も哲史君もまだまだ成長期かもしれないけど、僕はもう打ち止めだから』

体格云々《うんぬん》……を言うのなら、哲史は、その打ち止めの尚貴にだって惨敗してしまっている。食っても食っても太らないお得な体質というより、食う量に限界を感じてしまうタイプ——とでも言えばいいのか。料理をして、それを食べてもらうのは大好きなのだが。

無い物ねだりをしてもしょうがないのは承知の上で、一度、本音まじりで、

『龍平くらいデカかったら、やっぱ、世界が違って見えるよなぁ』

それを口にしたことがあって。

長身な翼は八頭身のモデル体型だが、日々の部活で鍛えられている龍平とは筋肉の付き方からして違う。翼には『キレるようにしなやか』という言葉が何より似合うが、龍平は『パワフルで大らか』なのだ。

すると。いったい、どういう想像をしたのか。翼は、妙に真剣な顔つきで、

『コワすぎだろ、それは。おまえは、あんなにデカくなくていい』

言われてしまった。

何が。

どんなふうに怖いのか。

それを問い返すと、何か変な地雷を踏んでしまいそうで……。よけいなツッコミを入れる気にもなれなかったが。

「ンじゃ、やっぱ、ツッくんみたいにあれこれ注文がうるさかったりする？」

「んー……それはねーな。ほとんど、おまかせ」

最初は、オーダーメードのスーツを隙なくビシッと着こなす、いかにも『できる男』な尚貴が自分たちと同じ弁当持参でいいのだろうか……と思わないでもなかったのだが。仕事柄、食事もいろいろ付き合いというモノがあるだろうし。

けれど。尚貴がその方が良いというのであれば、哲史に否はなかった。

「どうせ、俺たちも昼はいつも弁当だし。二個作るのも三個作るのも、変わらないしな」

哲史の作ったモノは残さずきれいに食べるが、美味《ウマ》いのか・不味《マズ》いのか何のリアクションもない翼（本人に言わせると、不味ければ食わない――らしいが）と違って、尚貴はいつも『美味《お》味《い》しい』と言ってくれるから哲史としても作り甲斐《がい》がある。

「テッちゃんの弁当を食い慣れたら、おじさんも、よそで食べる気しなくなっちゃうよねぇ。ツッくんだって、それで偏食キングを克服しちゃったわけだし」

それは、哲史の弁当に対する最大限の讃辞なのだが。事のついでのように過去の恥を持ち出されて、翼はムッとする。

「龍平。いいかげん、黙ってサクサク食え」

「ヤだな、ツッくん。ご飯はおしゃべりしながら楽しく食うのが一番ウマイんだよ。ねぇ、テッちゃん？」

翼の睨《ね》め付けをモノともせず、ニッコリ笑ってあしらうことのできる龍平の豪傑ぶりを目の当たりにして、クラスがわずかにざわめく。もっとも、男子と女子とでは、如実に温度差があるのは否めなかったが。

そんなことは視界の端にも置かず、

「そうだな。やっぱ、龍平はいつもの龍平じゃないと、昼飯食った気がしないよな？」

哲史は口の端で笑う。

冗談でなく、だ。

最近、何かと季節外れの嵐が吹きまくっているので、哲史としてもいつも通りの日常を切望したいところだ。

そんなものだから。いくら天下無敵の俺様な翼でも、哲史と龍平の強力なタッグには勝てない。

いや……。無駄に張り合おうという気にはならない時点で、すでに負けているのかもしれない。

いが。

そんな三人の会話に、クラスメートたちはゆったりと箸《はし》を口に運びつつも、興味深げに聞き耳を立てている。

昼飯は、友人とおしゃべりしながら楽しく食うのが一番。他のクラスではそうかもしれないが、二年三組に限っては、その定説も覆る。

三組の昼食《ランチタイム》は、異様にひっそりと静まりかえった中、どピンクな笑顔を惜しげもなく振りまきながらハイテンションに飛ばしまくる龍平（楽しい・嬉しい・幸せ……のオーラ全開）と、手抜きすることなくそのノリにきっちり応《こた》える哲史（いつもはスッキリと凛々《りり》しい口調《トーン》がやけに甘い）の会話だけがBGMである。そして。ときおり、そこにしっとりと艶《つや》のある翼の美声（普段が恐ろしく無口なため、そのインパクトたるや鼓膜を突き破って腰骨を直撃するほどの威力がある）が加わると、それはもう聞き逃すことのできない魅惑の三重奏《トリオ》……なのだった。

ある意味、

『おまえら、高校生にもなって、それってどうよ？』

呆《あき》れるのを通り越して『視界の暴力』と言っても過言ではないかもしれない哲史たち三人組の仲睦《むつ》まじさも、見慣れてしまえば一枚の日常風景である。今更、何のコメントも必要ではなかった。

憧《あこが》れの王子様も、美貌《びぼう》のカリスマも、そこに存在するだけで視界の強力な吸引力になるのは間違いない。しかしながら、そのプライベートに至ってはほとんど謎である。まったく逆の意味で、誰も、何も突っ込めないからだ。

来る者は拒まない、どこの誰に対しても温度差のないオープンな柔らかさが龍平の持ち味であるが。よくよくじっと目を凝らして見れば、それは、冷然とした拒絶感で他人を寄せ付けない翼が醸し出すモノと大差はなかった。

人当たりが、優しいか。

――冷たいか。

居心地がいいのか。

――悪いのか。

つまりは、違いは、ただそれだけなのである。

正反対だが鉄壁のガードが崩れるのが、唯一、哲史を囲むランチタイムなのだった。

翼も龍平も、そこでのみ、ほかでは絶対に見せない素顔をさらけ出す。二人にとって、哲史という存在があって初めて自然体で寛《くつろ》げるのだという証《あかし》のようなモノである。

百聞は一見にしかず。

その事実を目の当たりにして、ようやく、彼らは気付くのだ。いたってパンピーにしか見えない『杉本哲史』の真の価値に。翼がことさらに『三倍返し』を公言する意味も、龍平が大魔神に変貌《へんぼう》する真意にも。

謂《い》わば、そういう彼らの貴重なプライベート・データは、その瞬間にのみリアルタイムで公開されるのだ。それは、哲史とクラスメートであることの僥倖《ぎょうこう》……二年三組の特権である。

だとすれば、あってもなくても困らないような雑談で聞き逃すのは許されない。そんなものだから、皆、真剣に、

『目はズームレンズ、耳はダンボ』

――なのだった。

◆◇◆◇◆

そのとき。

広々とした学生食堂で、ボリューム満点のチキンカツにかぶりついていた佐伯は。

「なぁ、佐伯。知ってる?」

クラスは違うが昼飯の友である原嶋《はらしま》に問われ、チロリと視線だけをやった。

原嶋は、佐伯と同じテニス部なのだ。その分、ズケズケと遠慮がない。まぁ、元が何事にも怖《お》じることのない性格……なのかもしれないが。

「男バスの間宮《まみや》たち、市村先輩の地雷ボコボコ踏んじまって顔面蒼白《そうはく》だってさ」

とたん。佐伯は露骨に顔をしかめた。

（なんで、そこであいつの名前が出てくるんだよ？）

例の『NAJIMA』で龍平の真髄を垣間見《かいまみ》てから、その名前は、哲史とは別の意味で佐伯のトラウマになりつつある。

それでも。何のリアクションもしない佐伯に焦《じ》れて、

「市村先輩の地雷って？」

クラスメートの倉岡《くらおか》がすかさず口を挟む。

今や『市村龍平』は時の人である。その関連ならどんな些細《ささい》なことでも知りたがるのは、パンピーであっても当然の常識かもしれない。

「そりゃ、当然、杉本先輩のことに決まってンじゃん」

ランチタイム時の食堂はいつでも混んでざわめいているから、普段、食事をしながらの雑談は自然と声を張りぎみだが。話の内容が内容だからか、原嶋のトーンも先ほどよりは低めに落ちる。

そのせいか、皆、箸を止めて。それぞれが興味津々に目を輝かせる。

他人の不幸は蜜の味。

ブッちゃけて言ってしまえば、そういうことなのかもしれない。

「なんか、あいつら、あのあと部活に出てきた市村先輩がまるっきりいつもと変わんなかったモンだからホッとして、つい口が弛《ゆる》んじゃったらしいんだよな」

「暴言でも、吐きまくったわけ？」

「暴言っつーか……本音？」

「本音って、なんの？」

ようやく口の中のモノを呑み込んで佐伯がそれを言うと。原嶋はグイと身を乗り出して、更に声をひそめた。

「生徒会執行部の副会長。鷹司さんって、市村先輩たちの中学のときの先輩って話……知ってるか？」

「あー……それって、あれだろ？　副会長と杉本先輩って同じ中学出身の顔見知りだから、執行部は先生たちに何を聞かれても絶対に杉本先輩をヒイキするってやつ」

それは、佐伯も知っている。鷹司が哲史を贔屓《ひいき》するか、しないか、それは別にして。彼らが小日向中学の先輩・後輩であることは間違いのないことだ。

そのことを、佐伯は翼にシメられたあとで知った。

むろん。翼本人からは、

『おまえらがやったことは生徒会執行部コンビには全部筒抜けだから、暴行事件の加害者として生徒会に呼び出されるくらいは覚悟しておけ』

生々しい衝撃の事実を聞かされて、思わずギョッとした。

部活でトラブるくらいなら、まだ部内で収まりはきくが。部活とは何の関係もない部外者に怪我をさせたことで執行部沙汰《ざた》になったら、下手をすれば強制退部かもしれないと。そのときは、マジでビビッた。

いつ執行部から呼び出しがかかるかもしれないと思うと、内心はビクビクで。真剣に、あれこれ言い訳を考えて。さすがに、しばらくは何も手につかなかった。

楽勝だと思っていた相手に、ナメ返される屈辱。

——衝撃。

その果ての、憤激。

哲史の意外なしぶとさにキレて、思わず手が出てしまった。

だから。あれは故意ではなく、突発的な事故《アクシデント》だったのだと。翼にそれを証明したくて、信じてもらいたくて。そのときはもう佐伯以外の連中は完璧にビビりまくって不登校状態だったのだが、佐伯は半ば意地で登校し続けた。

あいつは『バカ』だの『ド阿呆《あほ》』だの『テニス部の恥曝《はじさら》し』だの、名指しでさんざん言われて肩身は狭かったが。ほかの奴らのようにここでシッポを巻いて逃げたら、哲史に負けてしまう。それだけは、絶対に嫌だったのだ。

ただの傍観者にすぎない野次馬に何を言われても我慢できるが、哲史にナメられるのだけは佐伯のプライドが許さなかった。

結局、執行部からの呼び出しはなかった。

……ホッとした。

生徒間のただのトラブルに横からしゃしゃり出てくるほど、執行部は暇《バカ》ではなかったのだ。

……ビビって、損をした。

自分の選択は正しかったのだと晴れて証明されたような気がして、佐伯は、

（——ザマーミロ）

哲史の顔を思い浮かべ、内心、大いに毒突いたのだった。

「…ンで、あいつら、そこらへんのことゴチャゴチャ言ってたらしいんだよ。やっぱ杉本先輩はズルイとか、セコイとか……。そしたら、そういうヒソヒソ話がみんな市村先輩に筒抜けになっちまったって」

「げぇ……サイアク」

「それは、やっぱ、ヤバイだろぉ」

倉岡たちは顔をしかめて、口々に漏らす。

そういう話を、いったい、原嶋はどこで仕入れてくるのか。

……謎だ。

原嶋が思いがけない情報通で、佐伯はあんぐりする。

「部活の先輩の誰かが、チクったわけ？」

「じゃなくて、現行犯？」

「あいつら、先輩らが先に出て行っちまったと思ってたらしいんだけど、ロッカー裏で、バッチリ全部聞かれちまったんだと」

「思いっきり、墓穴……」

「ドツボ——だよな」

「……凶悪すぎ」

「だから、あいつら、いまだに市村先輩の顔……直視できねーらしい」

自業自得というにはあまりにもバカすぎて、佐伯は何のコメントもする気にはなれない。

「けど、それでも部活には出てんだ？」

「そりゃ、出て来るっきゃねーじゃん。なぁ、佐伯？」

なんで、そこで名指しで振るのかと。佐伯は、原嶋をジロリと睨《ね》め付ける。

「それで逃げちまったら、バカ丸出しの上に恥の上塗りだって。五組の奴らの二の舞だし？」

つまりは、そういうことだ。

「市村先輩だけじゃなくてさ、ほかの先輩たちからも根性ナシのビビリ野郎とか思われるの、イヤじゃねー？」

「……だよなぁ」

「ケツまくったら、ずっと付いて回るんだよな。チキン野郎の烙印《レッテル》が……」

「……え？」

楽な方に流されるということは、そういうことなのだ。

一年五組の不登校問題は、否応《いやおう》なく、それを見せつける。彼らに。現実から逃げてしまうことは簡単なことだが、それは、主張する権利もチャンスも自分からすべて放棄してしまうことなのだと。

是か。

非、か。

それを決めるのはほかの誰でもない、自分自身なのだということを。

単なる対岸の火事では済まされない。

ただの傍観者であり続けることを許されない。

それは、誰もが陥る可能性のある問題であることを彼らに提示する。ある種の苦汁を伴って。

だから、

「例の緊急クラス会、蓮城先輩たちも参戦するらしいじゃん」

原嶋がそれを口にしたとき。佐伯は、さっきまでのことは本題に入る前の口慣らしではないかと思ったくらいだ。

「――知ってる」

いや、知らない方がおかしい。本館校舎では、今、その噂でド派手にガンガン盛り上がっているのだから。

翼にシメられた親衛隊のメンバーが揃って不登校になってしまったあたりから、臨時の保護者会を求める話がチラホラと出ていたのは事実だが。それが、ここに来て一気に現実化してしまった。何しろ、一年五組の学級崩壊……としか言い様のない状況が状況である。

しかし。事の真相究明を求めて鼻息の荒い親たちとは対照的に、本館校舎の一年生たちは戸惑いを隠せない。彼らのやってしまったことが、単なる一年五組だけの問題ではなくなってしまったからである。

今現在、上級生のいる新館校舎と本館校舎の間には、目には見えない壁がある。

佐伯たちが『蓮城翼の親衛隊』を結成したときには、

『あいつら、弾《はじ》けすぎ』

ただの失笑にすぎなかったそれも、哲史とトラブったとたんに、

『命知らずのチャレンジャー』

名指しの嘲笑《ちょうしょう》になり。一年五組の吊《つ》るし上げ事件が起こったあとは、

『今年の一年、頭悪すぎ』

辛辣《しんらつ》な批判にすり替わった。

そのどちらにも、哲史が関わっている。

それで初めて佐伯たち一年は、沙神高校には暗黙の掟《おきて》があることを知ったのだった。

【蓮城翼に睨《にら》まれたくなければ、杉本哲史とはトラブるな】

【杉本哲史にチョッカイをかけて、市村龍平を怒らせるな】

佐伯たちに言わせれば、

「そんなキモい『ルール』があるのなら、最初にそう言えよッ！」

だったりするが。やってしまったあとから唾《つば》を飛ばしてまくし立てても、それはただの不様な言い訳にすぎないと言わんばかりに、上級生たちの反応は一様に冷たかった。

いや。

……たぶん。

実際に哲史とトラブる前に口酸っぱく忠告をされたとしても、きっと、鼻先で笑い飛ばしてしまうのがオチだったかもしれないが。

どこからどう見ても、杉本哲史はただのパンピーにしか見えない。

誰にも熱くならない美貌《びぼう》のカリスマが、女子には絶大な人気を誇るバスケ部のエースが、そこまで気にかけなければならない存在とはどうしても思えない。二人とは小学校時代からの幼馴染みという肩書きすらもが不自然なほどに、釣り合わない。

誰もが、そう思っているはずである。

——よりにもよって、なんであんな冴《さ》えないのが二人の幼馴染み？

——趣味、悪すぎ。

——あれなら絶対、自分の方がマシ。

皆が口を揃えて、そう言うだろう。

あんなことが起こってしまったあとでも、正直な話、本館校舎の一年組は、哲史のためにどうしてあの二人があそこまで激昂《げっこう》するのかが……わからない。

たかが幼馴染みだというだけで、そこまで大事にされる価値が哲史のどこにあるのか……理解できない。

似合わない。

釣り合わない。

……惨めすぎ。

パンピーは、パンピーという自覚を持つべきではないのか？

それを思わずにはいられない。

だが。現実問題として、状況は悪化するだけで収拾もつかない。そのための緊急クラス会、なのだが。そこに、二年生である三人組がオブザーバーという形で出席するという噂が流れたとき、佐伯たちは激震した。

唖然《ウソ?》。

呆然《マジ?》。

ブッたまげ《信んじらんない》……。

自分たちが矢面に立たされるわけでもないのに。

——マズイだろ。

——ヤバイだろ。

——どうすんだよ？

蒼《あお》ざめて、冷や汗を垂れ流した。

クラスの不登校問題を話し合う場にあの三人を同席させるなんて、一年五組の親たちは、いったい何を考えているのだろうかと。

「五組の親ってさぁ、絶対、甘く見てるよなぁ」

何を？

——とは言わず。

誰を？

——とも口にせず。

「親子でドッボにハマっちまったら、どうなるんだろ」

原嶋はメンチカツにかぶりつく。

「ドッボ……かぁ」

「ドッボ、だよなぁ」

それぞれがそれぞれにそれを思い描いて、ため息をこぼす。

むろん、ドッボの先駆者——佐伯も例外ではなかったが。

◆◇◆◇◆

そのとき。

ようやく仕事も一段落ついてホッと一息、ゆったりとしたしぐさで尚貴が机の上に弁当を広げると。

「蓮城先生。はい、お茶。……どうぞ」

まるでタイミングを見計らったように、アシスタントの斉藤美和《さいとうみわ》が尚貴愛用の湯飲み茶碗《ぢゃわん》を差し出した。

「あー……ありがとう」

さすがに、仕事中は別だが。手が空いているときに茶を淹《い》れて出すぐらい、斉藤は別段こだわりはないらしい。

最寄りの駅から徒歩十分。築年数は経っているが交通の便のよい商業ビルの七階に、大学時代の友人でもあり仕事上のパートナーである山岡雅巳《やまおかまさみ》と独立事務所を構えて五年目。各机がパーティションで区切られているだけのこぢんまりとした『YR法律事務所』の日々は激務だが、それなりに順調である。

あってないような昼休みというよりは、本人の裁量任せに近い昼食時間。気がつけば室内に残っているのは、尚貴と斉藤の二人だけだった。

「今日も、素敵な愛情弁当ですねぇ」

ニッコリ笑ってそれを言う斉藤は、趣味は美味《おい》しいモノ食べ歩き——を豪語する、自称『食通』である。食通はただ食べるだけではなく、自分で満足のいくモノを作ってこそ『通』なのだというこだわりを持つ斉藤のランチタイムは、当然、自前の弁当派であった。

斉藤自慢の弁当を、事務所のメンバーは誰一人として試食させてもらったことはないが。見た目は彩りもよく、豪華である。

その斉藤は、このところ毎日のように弁当を持参するようになった尚貴に……日替わりで彩りも品数も豊富な尚貴の弁当に興味津々なのだった。

——いや。興味津々なのは、何も斉藤に限ったことではない。いつもは誰かしらと外に食べに出る尚貴が弁当を持参した初日は、事務所中、驚愕《きょうがく》の嵐であった。

男やもめの尚貴に、いったい誰が弁当を作ったのか。降るような再婚話をニッコリ笑顔で蹴り続けて十数年、亡き愛妻を超える女性がついに現れたのか、と。

それも、

「なんだ、蓮城。おまえ、哲史君に弁当まで作ってもらったのか？」

山岡にあっさりと種明かしをされてしまったが。

しかし。それがきっかけで、蓮城家のプライベートな話（尚貴的にはことさらに内緒にしていたわけではなく、誰も聞かなかったから言わなかっただけなのだが）――つまりは、尚貴が後見人として哲史を家に引き取ったことなどを一気に暴露することになって、尚貴は内心、辟易《へきえき》としてしまった。

「もしかして……そのつくね団子も、哲史君の手作りですか？」

「そう。粗挽《あらび》きのコショウ味がすっごく美味しくてね。すっかり病みつき」

「はぁ……。それじゃ、蓮城先生、ますます再婚の道は遠いですね」

それを言われると、尚貴としては苦笑する以外にないのだが。

再婚の意志など、毛頭ない。尚貴にとって妻と呼べる女性は茉莉花《まりか》だけだったし、茉莉花以外に翼の母親はいない。

山岡は、そんな尚貴に、

「おまえ、そんなんじゃ、人生の楽しみ半減だって。別に再婚しろとか言わないけど、たまにはプライベートでメシ食う彼女くらい作れよ。それだったら、別に翼だって気にしやしないだろ？」

真剣に言うが。今ひとつ、そんな気にはなれなかった。

プライベートで女性と夕食をする余裕があるなら、その分、愛息と過ごしたい。その想いの方が強かったので。

そこらへんは、尚貴よりも翼の方がすっぱりと割り切っているかもしれない。

「無理に時間作って構ってくれなくていい。俺は俺で好きにやってるから」

歳のわりにはずいぶんと冷め切った言い方をする息子だったが、それが単なる強がりではないことはよくわかった。何より、好きにやってることの大半は二人の幼馴染みと一緒だったので、取り立てて心配することもなかった。

母親を早くに亡くして日々仕事に忙殺される父親をその目で見てきたからか、自立心も早かった。

親の欲目だけではなく、聡明《そうめい》な息子だった。早熟すぎて、逆に、ハラハラさせられることも多々あったが。道理の通らないことはやらなかったし、訳のわからない我儘《わがまま》で困らされたこともなかったし、分不相応なものは何も欲しがらない子どもだった。

そんな翼が唯一強請《ねだ》ったのは、哲史との絆《きずな》だけだった。

「哲史をウチの子にしてください」

何も欲しがったことのない子がそう言って真摯《しんし》に頭を下げたとき、尚貴は、何とも言えない気持ちになった。

一見冷めているようで、その実、情が強《こわ》い。やはり、自分の血を濃く引いている息子なのだと思うと、胸の奥がズキズキと疼《うず》いて、やけにジンジンと痺《しび》れて、熱いモノが込み上げてきて止まらなかった。

「大丈夫。哲史君のことは、お父さんに任せておきなさい」

可愛い息子の願い事ならば、何をさておいても最優先で叶《かな》えたい。ただの親バカなのかもしれないが。

もちろん、それ以上に、尚貴としても哲史のことは気掛かりだった。

尚貴自身の生い立ちを振り返っても、また弁護士という職業柄もあって、世の中には理性や正義で割り切れない理不尽なことは数限りなく見てきた。綺麗《きれい》なところも、汚い部分も、醜悪なモノも。

それでも。自分は茉莉花と出会えて、翼という息子まで得ることができたのだから。

希望はないよりもあった方が良い。今の自分には、そのきっかけになれるだけのことを為《な》すことができる。だから、ためらいはなかった。

哲史が蓮城家の家族になる。

それが現実になって、翼の日常は一変した。それはもう、ものの見事に。尚貴が陰でそっと忍び笑いを噛《か》み殺さずにはいられないほど、その喜色ぶりがあからさまだったからだ。

なのに。そういう自分を誰かに知られるのは格好悪いと思っているのがミエミエなのが、また笑えた。可愛いなぁ、と。

どんなに大人びているように見えても、子どもは子ども。それを実感させてくれる翼が、尚貴は可愛くてならなかった。

哲史が来てくれて、本当によかったと思う。

茉莉花がいなくなって長い間モノクロ同然だった我が家に哲史がやって来て、一度に花が咲いたような気がした。様々な色が溢《あふ》れて、笑い声が響いて、心が華やいだ。

それまで、尚貴は蓮城の家には自分と翼の二人以外は必要ないと思っていたが、哲史というかけがえのない存在が加わったことで欠けていたモノがあることに気付かされた。

暖かな家庭の在り方。

幸せの定義に固執して、その本質を見失っていたのではないかと。

人を思いやることができる心の余裕。

思い出に縛られているだけでは、そこからは何も生まれないのだと。

哲史と家族になることができて、もう一度自分を見つめ直すきっかけを得た。感謝したいのは尚貴の方だった。

仕事はできてもまるで家事能力のない尚貴と、まったくその気のない翼とは違って、哲史は家事マイスターだった。その有能ぶりは、驚くのを通り越して賞賛に値する。

（ホント、哲史君の弁当は美味しいなぁ）

まずはつくね団子を口にして、それを実感する。

小学校に入る前には母親が亡くなって、そのせいか、翼の偏食は激しかった。それで学校給食にも馴染めず、それもあってか、きちんと残さずに食べることを指導するクラスの担任との相性は最悪だった。

こんなことを言うのは学校関係者に対して失礼な話なのかもしれないが。クラス担任の当たり外れは、子どもにとっても親にとってもすごいストレスになる。もちろん、それはまさに、当の担任の台詞《せりふ》だったりするかもしれないが。

それが中学生になって、給食ではなく弁当を持って行くことになり、尚貴としては大いに悩んだ。通いのハウスキーパー(尚貴も翼も見知らぬ他人を家に入れることには抵抗があったが、背に腹は替えられない)のおかげで、どうにか夕食だけは確保できてはいたが、さすがに昼の弁当の用意はできなかったからだ。

それで、しかたなく、翼は昼はパン食にしたのだが……。どうやら、それも面倒くさがって、昼飯抜き――なんてことも多々あったらしい。

すると、それを見かねた哲史が翼の分の弁当を作ってくれて。それがきっかけで、翼はすっかり餌付《えづ》けされてしまった(言葉は悪いがそうとしか言い様のない状況であった)のだ。

尚貴は今、それと同じことになってしまっている。

(翼とは別口で、ちゃんと僕好みの味にしてあるんだよねぇ)

その気遣いにしてからが、嬉しい。

いや、絶品なのは、弁当だけではなく普段の料理もだが。その味に慣れてしまうと、外食しようという気がなくなってしまうのだ。

少しくらい遅くなっても、家に帰れば哲史の美味しい手料理が待っていると思うと、わざわざ寄り道しようという気がなくなる。

まいったな……と、思う。

翼ではないが、これではすっかり哲史にメロメロの骨抜きである。

人間、衣食足りて礼節を知る——とは言うが。哲史がいるだけで、尚貴は何の心配もなく安心して仕事に打ち込めるのを実感しないではいられなかった。

そんな尚貴にも、近頃、心配なことがひとつある。

それは、一本の電話から始まった。

『お仕事中、お邪魔して申し訳ありません。私、沙神高校二学年主任の深見と申します。今、お時間はよろしいでしょうか？』

ある日の午後。息子たちが通う高校関係者から携帯に電話がかかってきた（仕事の関係上どうしても家にいる時間が短いので緊急連絡先は携帯番号にしてあるのだ）とき、尚貴は翼ではなく、なぜかすぐに哲史の顔を思い浮かべた。

——と、言うのも。先日、哲史の顔面が派手に青斑《あおまだら》になっていたからだ。

朝。いつものようにキッチンに顔を出したら哲史の顔がド派手なことになっていて、尚貴はさすがに驚いた。

そのとき、哲史は、

「いや、ちょっと、ドジっちゃって……。大丈夫、見かけほどひどくないから」

笑って誤魔化してはいたが。そのあと、二階の自室から降りてきた翼の不機嫌きわまりない顔を見れば、何があったのかは一目瞭然《りょうぜん》であった。

——あー、哲史君。まぁた、トバッチリの八つ当たりされちゃったのか。

哲史が……翼が何を言わなくても、尚貴が一発でそうと気付いてしまうほどにはだ。

トバッチリの八つ当たりで怪我をする。

哲史が、翼のせいで。

厳密に言えば、それは翼のせいでも何でもないのだが。それでも、間接的に誰が見てもそうとしか思えない状況というのは、親としては胃が痛くなる思いである。

他人事《ひとごと》にはとことん無関心な翼が、唯一特別扱いをするのが哲史——なのだ。それは翼にとってはごく当たり前のことで、ほかの誰とも哲史は引き替えにはできない。

しかし。他人は、それを理解しない。

翼の関心を引きたくて。翼と友達になりたくて。けれど、その翼の視界の端にも入れない連中にとっては、哲史が何かと目障りなのだ。

しかも。そういう連中の決まり文句が、

『贔屓《ひいき》されてるからって、態度デカすぎ』

『ムカつく』

『おまえなんか釣り合わない』

ワンパターンだったりするらしいから、始末に負えない。

そこらへんの実情を知る龍平が、

「ツッくんの腐れバカな下僕志願って、ホント、学習能力なさすぎ」

バッサリと斬り捨てたときには、尚貴としてもただ乾いた笑いを漏らすしかなかった。

好きな子の関心を引くために、わざと、その子のイヤなことを言ったりやったりする。それはある意味、屈折した感情表現の定番と言えないこともなかったが。それがエスカレートして実害が伴ってしまえば、それは笑って済ませられない大問題である。

けれども。それに関して、二人はきっぱりと尚貴の干渉を拒否していた。

自分たちのことは自分たちでケリを付ける。

その意思表示が明確すぎて、尚貴が下手に口を出す隙もないのだ。

だから、尚貴としてもやんわりと釘を刺すつもりで、

「あまり、やりすぎないようにね」

そう言うしかなかった。何しろ、小学校の頃から、翼の『三倍返し』は伊達《だて》ではなかったので。

尚貴の記憶の中で、一番強烈だったのは。小学校の入学式で、やたらベタベタとまとわりついてきた男の子をシカトして突き飛ばされた翼が、その子に反撃の必殺ビンタを喰らわし、蹴りを入れ、最後のシメに上履きで頭を一発叩《はた》いた……あれである。

皆、呆然《ぼうぜん》絶句であった。

しかも、我が子の盛大な泣き声にハッと我に返った親がヒステリックにわめき散らすのをガ

ッシと睨《にら》み据えて、

『先に突き飛ばしたのはそっち。なんか、モンクあんの？』

啖呵《たんか》まで切ってくれた。尚貴《親》の出る幕なし……である。

もちろん。それ以後も、尚貴の知らないところで、あれこれとド派手にやらかしてくれて。

そのたびに、担任からは嫌味な電話がかかってくるのも日常茶飯事。

同じクラスの保護者には、

『父子家庭だからって、甘えてるんじゃないの？』

『仕事を理由に、一度も懇談会に出てこない親も親よねぇ』

『やっぱり母親がいない子は、躾《しつけ》がなっていない』

などと言われるのも耳タコになってしまった。

それでも。翼が陰湿なイジメをやっていると言われなかった（はっきり言って何の問題にもならなかった）のは、翼にド突き回された連中が八つ当たりの嫌がらせで哲史や龍平にチョッカイを出しているのが明白だったからだ。ネチネチと文句を言ってくる保護者は、そういう我が子の日常を知らないか、ただの親バカか、そのどちらかだったりするのだが。

高校生になってからは、学校からはそういう苦情の電話がかかってくることも滅多《めった》になかったので。それなりに落ち着いた（翼が、ではなく。もちろん周囲の状況がだ）のかなぁ……などと思っていたのだが。確信犯で落ちこぼれていた中学時代までとはまた違った意味で、どうやら、相変わらず、翼の地雷を好んで踏みたがるバカな連中は後を絶たないらしい。

そのとき。翼は、

『何を？』

『どこを？』

『どんなふうに？』

そんなことは何も口にせず、ただ無表情に、

「大丈夫。停学くらうようなヘマしねーから」

あっさりと言ってのけたのだった。

ある意味、正確すぎるほど的確に尚貴の危惧《きぐ》するところを汲み取ってくれて、尚貴としては
ただどっぷりとため息を漏らすしかなかった。

そんなところにもってきて、学年主任からの電話である。だから、尚貴としては、

「息子が、何か問題でも？」

つい、その言葉が突いて出た。

停学を喰らうようなヘマはしないと翼は豪語したが、やはり、何かマズイことをやらかして
しまったのだろうか――と。

するとo深見は、

『問題と言えば、まぁ、問題なんですが』

そう前置きをして、今、沙神高校が抱えている難問を口にしたのだった。

「一クラスで、三十人の不登校者……ですか？」

さすがに、驚いた。

学校側としては、頭の痛い大問題――には違いない。

しかし。その発端になった原因と、経緯。そして、更に悪化するに至った事の顛末《てんまつ》を聞かされて、尚貴は、

「それは、まぁ言葉は悪いですが、自業自得としか言い様がないですね」

やんわりとだがキッパリと口にした。

翼の行動も、龍平の激怒の意味も、尚貴には痛いほどよくわかる。

もしも、そういう事件で弁護の依頼を受けたら負ける気がしないというより、楽勝もいいとこだろう。その前に、相手側の弁護士が告訴を取り下げるように進言するだろうが。

ここまで問題が大きくなってしまっては、学校側としても、緊急クラス会に応じないわけにはいかないのだろう。

「それで、その緊急クラス会とやらにオブザーバーとして出席すると、息子たちは言ったんですね？」

『――そうです。条件が満たされれば、ですが』

保護者だけではなく、その子どもの全員参加が条件。

学校側にそんな要求を突きつけるとは、いかにも翼らしくて。深見には悪いが、内心、尚貴は笑えてきた。

【転んでもただでは起きない】

というより、

【足を引っかけられたら、事のついでに回し蹴り】

……だろう。

『そういう事ですので、よろしくご承知おきください』

別に、承知することに関しては何の問題もない。翼たちがそう決めたのならば、尚貴に否はない。おそらく、市村家でも同じ意見だろう。

「わかりました」

すると。それで話は終わりかと思っていた深見が、

『蓮城さんは、息子さんたちのオブザーバーという事に関しては、特に何のご心配もなさっていらっしゃらないようですね』

わずかにトーンを変えた。

もしかして深見は、そんなことに翼たちを同席させるのは困ると、尚貴がゴネまくるとでも思っていたのだろうか？

まぁ、この状況では、子どもたちだけでは心配だから自分も同席させてもらう——そんなふ

うに言い出してもおかしくはないかもしれない。

自分の可愛い子どもが保護者という圧力団体にその場で吊《つ》るし上げをくうかもしれないと思ったら、不安でいても立ってもいられないのが普通かもしれない。

しかし。尚貴は、まったく何の心配もしていなかった。

「息子たちを信頼していますので」

逆に、翼の『三倍返し』には何の免疫もないだろうその保護者たちが気の毒に思えてしまうほどだ。

『……そうですか』

深見はどういうリアクションを期待していたのだろうか。わずかな『間』が気になる。

「深見先生は、どう思われているのですか？」

『どう、とは？』

「緊急クラス会を開く意義……とでも言いますか、学校側の思惑としてはどこらへんを狙っていらっしゃるのか。忌憚《きたん》のないご意見を伺えればと思いまして」

そういう切り返しを予想していたのか、いないのか。

『これは、あくまで私個人としての意見ですが』

「はい」

『予想もつかないですね。蓮城君が条件を付けてきた時点で、学校側としての思惑をすでに超えていますので』

ずいぶんと正直な答えだと思った。

だから。もしかして深見は、保護者としての尚貴にオブザーバーの話を蹴ってほしかったのではないか？

──そんな気もして。

「深見先生。あの子たちは手強《てごわ》いですよ？」

受話器の向こうで、わずかに、深見が息を呑む音がした。

「大人の論理であの子たちを丸め込めるなんて、思わない方がいいです」

翼に条件を持ち出されたときに、それはすでに体験済みなのかもしれないが。

「特に、翼と龍平君はそういう意味では双璧なので。大人が頭ごなしに押しつけてくる常識がいかにあやふやで鼻持ちならないモノなのか、あの子たちはよく知ってますから。翼と龍平君が一番嫌いなモノが何か、深見先生はご存じですか？」

『杉本君を不当に傷つける者たち……ですか？』

「そうです。そこさえ間違わなければ、二人とも無駄に牙を剝《む》いたりしません」

受話器の向こうで、深見のため息が漏れた。

「……で。二番目に嫌いなのが、自分の子どもしか見えてない親バカなんです」

『親バカ……ですか？』

「私の口から言うのも、何ですが。あの子たち、子どもの喧嘩《けんか》に平気でしゃしゃり出てくるバカな親が大嫌いなんですよ。緊急クラス会を仕切るのがどなたなのかは知りませんが、保護者を暴走させないように、ぜひ、お願いしたいです」

親として、尚貴も、高校生になってまで翼を『親バカ殺し』などとは呼ばせたくない。

『蓮城君と市村君を、ではなく……ですか？』

「哲史君がそばにいれば、翼も龍平君も暴走なんてしませんよ？」

……たぶん。

そこには、尚貴の希望的観測もちょっとは入っているかもしれないが。

それでも。深見としては、完全にそれを肯定する気にはなれないのか、

『――わかりました。留意しておきます』

そのトーンは妙に重かった。

ふと、それを思い出しつつ、尚貴はゆったりと箸《はし》を口に運ぶ。

（緊急クラス会、ねぇ。荒れるだろうなぁ……）

翼と哲史の口からは、いまだにその話は出ないが。どちらにしても、荒れるだろうことだけは間違いない。

保護者がドツボに嵌《はま》ることはあっても、翼たちが負け試合に甘んじることはあり得ない。それだけはキッパリと自信を持って言える尚貴であった。

＊＊＊＊＊　III　＊＊＊＊＊

ふろふき大根の柚子《ゆず》あんかけ。

根菜とイワシのつみれ汁。

豚肉のショウガ焼き&キャベツの千切り。

本日の夕食をずらりとテーブルに並べて、哲史は両手を腰に当てたまま、

「…っしッ」

思わず気合いを入れる。

だから。今日こそは『NAJIMA』でのことを、翼に話してしまおうと思ったのだ。

このまま、いつまでもズルズルと先延ばしにしておいてもしょうがないし。とにかく、例の緊急クラス会が本決まりになってしまう前に、不安の芽は摘んでおくに限る。

そのためには、まず、下準備は万端に。とりあえず、今夜の夕食は翼の好きな物尽くしで攻めてみようかな、と。

——と。タイミングよく、玄関のドアフォンが鳴った。

午後七時、ほんの少し前。

そのまま、いつものようにキッチンに直行してきた翼を、

「おっかえりぃぃ……」

哲史はニコニコと出迎える。

ただいま——の言葉もなく、わずかに頷《うなず》くだけの翼の仏頂面もいつものことだったが。

「早く着替えてきたら？　俺、もう腹へりまくり」

「……あー」

それから五分と待たずに、翼が自室から下りてくる。

ごく普通のTシャツに、カーゴパンツ。たとえどんな安物であっても、翼が着るととたんに付加価値が跳ね上がるのは間違いのないことだが。それでも、翼が身につけている物が量販店で大量生産されている物でないことは確かだ。

たまに、翼が、

「これ、おまえに似合いそうだから買ってきた」

買ってくる服といったら、マジでビックリするほどの値札が付いていることがある。さすがに翼が選ぶ物だけあって肌触りがよくて着心地は抜群なのだが、洗濯機の中に放り込んでガシガシ回すのがもったいない。

かといって、タンスの肥やしにするわけにもいかないので、今のところは哲史にとってはと

っておきの勝負服（…と言っても、着ていくようなところは限られてはいるが）である。

翼がいつもの席に座って、

「いただきます」

哲史がいつものように手を合わせる。それが、晩飯の合図である。

なのに。いつもはすぐにガツガツ食べはじめる翼は、箸を握ったままだった。

「……翼？　何？　どうした？」

つみれ汁を一口啜《すす》って、哲史が声をかけると。翼は、何かを思案するように目を細めた。

「——翼？」

なんだ？

どうしちゃったんだ？

すると。翼は、

「なんだ？」

逆に、哲史を見やった。

「何って……何が？」

(聞いてるのは、俺なんだから。質問に質問で返されてもなぁ……）

そう思う哲史だった。

「ショウガ焼きに、ふろふき大根、つみれ汁。オマケに水菜のおひたし」

「ウン。大好きだろ？」

「……サービスがよすぎる」

「はぁぁ？」

「だから、なんだ？……って聞いてるんだ」

（……もしかして、バレバレ？）

「や……だから、なんの話？」

内心のドキドキを押し隠して、哲史がそれを口にすると。

「いいから、サクサク吐けって」

（翼ぁ……。そんな、いきなり全開で来られても）

哲史にだって、心の準備というか。話の手順というか……そういうモノがあるのだが。

「あ……翼。とりあえず、食って。——な？」

「食いながら聞く。だから、話せ」

有無を言わせない静かな口調が、かえって不気味である。

とりあえず、飯を食ってから……。哲史の目論見《もくろみ》は、あえなく崩れ去った。

「えー……っと、だから、そのぉ……」

ズズッ……と、一口つみれ汁を飲んで。翼は、双眸《そうぼう》で先を促す。

「んー……。こないだ、龍平と『NAJIMA』に行ったとき、な。たまたま、偶然、鉢合わせしちゃってさぁ」

「——誰と？」

「……佐伯」

一瞬。ギロリと、翼の視線がきつくなる。

「あいつ、ほら、テニス部らしいし。だから、その……たまたま偶然、バッタリ、出くわしちゃって」

たまたま。

——偶然。

——バッタリ。

強調する哲史に、他意は……大あり？

バックレたいのは山々だが、それをせずに正直に自己申告しているのだから。もっと、穏やかに。できれば……もうちょっとテンションを下げてもらえると嬉しい。

言外に、それを匂わせて。

「そんで、そこで、予想外の第二ラウンドが始まっちゃって……」

「今度は、何を言われたんだ？」

ツーといえば、カーである。

「あー……そのぉ、あいつ、俺と龍平がデートだって勘違いしちゃってさ」

「だから？」

「だから、俺的には、バカを相手にするのも疲れるし……」

「前置きはいいから、要点だけ言え」

（だって、ちゃんと手順踏まないでいきなり言っちゃったら、おまえ、絶対にキレるに決まってるじゃん）

ブッブッと、哲史は愚痴る。

予想率１００％というのは、やはり、心臓によくない。

「──哲史」

「だからぁ……。龍平とデキてんだろって」

とたん。

バンッ…とテーブルに手を打ち付けるように、翼は箸を置いた。

（…っちゃあ……。翼、目がマジだよぉぉ……）

こうなるのがわかりきっていたから、哲史的には、とりあえず飯を食ってから……と思ったのだが。

「あいつさぁ、おまえに一発シバかれて、頭のネジが一本スッ飛んじまったのかもな」

翼が強い目で睨《にら》むから、哲史はことさら淡々とそれを口にする。

「……ほかには？」

「だったら、おまえにまで色目使うなって」

ここまで来たら、変に隠すのも中途半端なような気がして。

それでも、色目どころか、とっくの昔にアツアツにデキてしまっている翼にわざわざ言う台詞《せりふ》でもないとは思うのだが。

「それ聞いて、龍平がマジギレ寸前になっちゃってさ。もう、大変だった」

デレデレの甘々だの、趣味が悪いだの、佐伯はほんの目と鼻の先で龍平が聞いてるなんて知らないものだから、さんざん好き勝手に扱《こ》き下ろしてくれたのだった。

バスケ部の江上たちがいなかったら、本当に、マジでヤバかった。

「龍平の奴、マジでバトルモードだったのか？」

「……ウン」

「佐伯に一発ブチかましやがったのか？」

「やってねーって。あんなとこで場外乱闘やらかしたら、絶対にヤバイだろ？」

どこにいても、龍平は目立つ。ただでさえ注目の的だったのだ。女の子は、遠巻きにキャーキャー派手に舞い上がってたし。男はヒソヒソと……バスケ用品が揃っているフロアだったから、龍平がどこの誰だかわかっているような感じだった。

普通なら、そんなところで派手に睨み合っただけでもスキャンダルである。部活をやっている者にとっては些細なトラブルですら厳禁であるのに、佐伯はもうすっかり一人で煮えたぎっていて、そんなこともわからなくなっていたのかもしれない。

あんな激しやすい性格では、試合で心理戦の駆け引きなどできないのではないか？

――よけいなお世話かもしれないが、哲史は首をひねらずにはいられない。

「もう、地獄の三丁目もいいとこ。龍平の奴、本マジで『佐伯を殴っちゃっていいか？』……とか言うからさ、江上たち、顔面真っ青で凍っちゃってたし」

「江上？」

「そう、バスケ部の江上」

「なんで？」

「あいつらも偶然、買い物に来てたんだよ。そんで、佐伯が暴言吐きまくるとこ、バッチリ聞いちゃって……。龍平なだめるのに、アタフタしちゃってさ。やっぱ、ほら、バスケ部って去年のあれ――見ちゃってるし」

去年、龍平が部活でマジギレになって三日間の部活謹慎になった原因というのが、同じバスケ部の三年生が、龍平と哲史を込みで『デキてるキモいホモ』呼ばわりをしたからだ。

そのときの龍平のキレざまというのが、凄《すご》かった。

それを止めようとした哲史がそいつに突き飛ばされて半分失神しかけたのを見て、ブチッ……と、思いっきり歯止めが外れてしまったのだ。

哲史は半分朦朧《もうろう》としてたから、その詳細までは見ていなかったのだが。あとで江上たちに聞

いた話だと、

『俺、マジで小便《しょんべん》チビるかと思った』

『市村……恐すぎ』

『恐怖の大魔神だった』

『古澤《ふるさわ》キャプテンと村上《むらかみ》先輩と宗方《むなかた》先輩の三人がかりで、市村を引き離したんだから』

『もう、みんなして真っ青……。マジで凍っちゃったぜ』

そういうこと——らしい。

「佐伯もさぁ、龍平がマジギレ寸前だったもんだから、かなりビビッてた」

そのはずである。振り返って、はっきりと確認したわけではないが。

「……ったく。あの野郎……ぜんぜん懲りてねーな」

ギシギシと、翼の奥歯の軋《きし》る音が聞こえてきそうである。

「やっぱ、派手に公開処刑にすりゃあよかった」

「やめろってぇ。おまえが言うと、マジでシャレになんないだろうが」

「だから、シャレじゃなくてマジなら構わねーだろ」

「よけいにコワすぎ」

一言言い捨てて、哲史はふろふき大根を半分に割る。

「ほら、翼、ふろふき大根食べてみて。今日のは、スゲー自信作だぞ?」

言われるままに箸《はし》で食べやすい大きさに割って、翼が口に入れる。

「……どう?」

「柚子《ゆず》のスゲーいい匂いがする」

「うまい?」

更に、もう一口食べて。

「……ウマイ」

ボソリと、漏らす。

とたん、哲史の相好が崩れた。

「だろ? だろぉ? 貝柱も入ってンの。な? なぁ、その汁も飲んでみて」

器ごと掴《つか》んで、コクリと、翼の喉仏《のどぼとけ》が揺れる。

「イケる?」

「——イケる」

「やったね。初めてだって、翼がそう言ってくれるの」

それを言う哲史の顔は崩れっぱなしだ。

「言わなくったって、おまえのはウマイに決まってるだろ」

「でも、ちゃんと言ってくれた方が百万倍嬉しいぞ?」

そういうモンか?

――とでも言いたげに。わずかに目を眇《すが》めて、翼は残りの大根も一気に食べてしまう。

「お代わりは？」

「……いる」

遠慮なく翼が茶碗《ちゃわん》を差し出すと、哲史は、

「ン……。いっぱい作ったから、いっぱい食ってな？」

ニコニコと席を立った。

◆◇◆◇◆

たっぷりと湯の張ったバスタブの中で、足を伸ばし。

（なんか……いいように哲史に誤魔化された気がする）

翼は、かすかに唇を嚙《か》む。

だから、ふろふき大根だ。

（スゲー、ウマかったけど……）

ウマかったのは、大根だけではない。哲史の作るモノはいつだって、何だって美味《おい》しい。

それでも。龍平が哲史の弁当を好き勝手に摘《つま》んでいつもメチャクチャに褒めるから、そのあとで何を言っても二番煎《せん》じのような気がして……。

何より、翼には、

「うーん……ウマぁイ♡」

「テッちゃん、これサイコー♡」

「はぁぁ……。ウマイもの食ったあとは幸せな気分になるよねぇ」

あーゆー派手なリアクションはできない。

……というか。あんな気恥ずかしい台詞をオーバーアクションで堂々と口にできるのは、たぶん、龍平くらいなものだろう。

だが。ウマイ——と言っただけで、あんな嬉しそうな顔をする哲史を見たのは初めてだ。

（俺が、好きだ……とか言っても、あんなに嬉しそうな顔してないだろ）

それを思うと、ちょっとだけ悔しい。

ふろふき大根に負けた。

それも、なんだか……イヤだ。

（あー……くっそー。キスしてぇ……）

哲史のとびきりの笑顔を見ていたら、まるで条件反射のように下腹が疼《うず》いた。

思い出すと……硬くなってくる。

思わず手を伸ばしかけて、止《や》めた。

だって——もったいない。

哲史がいるのに、バスルームなんかでマスターベーションするのはもったいない。今日は週末ではないから濃いセックスはできない——いや、哲史さえその気になってくれれば、翼的にはいつでもOKなのだが。

（この際、エッチでもいい。俺……スゲーしたい）

それを思って。

（……っしッ）

ザブリと、湯から出る翼だった。

◆◇◆◇◆

「ふっふっふっ………」

茶碗《ちゃわん》を洗いながら、嚙んでも殺しても、哲史の口からは笑い声がこぼれる。

（翼が、ついに『ウマイ』って言ってくれたよ。へへへ………）

翼の一言で、こんなに舞い上がれる自分が哲史は不思議だった。

龍平だって、尚貴だって、言葉を出し惜しみしたことはないが。やはり、そういう意味では哲史にとっては翼が一番なのだった。

（次は、何を作ろうかなぁ）

ふんふんと、ハミングを漏らす笑顔にピンクの羽が生えている。

——と。

「……哲史」

いきなり背後から、しっとりした美低音に耳たぶを舐《な》められて。

「ひゃ……ッ」

思わず、ドッキリ首を竦《すく》めて。哲史は洗いかけの茶碗をシンクに落とした。

「なッ…なッ……何ぃぃぃ?」

声は、見事に裏返っている。

振り返って、上目遣いに翼を睨《にら》む目は潤み。ドクドクと異様に逸《はや》る鼓動に煽《あお》られて、首筋も耳たぶも、真っ赤に熟れた。

「つ…翼ぁ。いきなり、耳、舐めンなってぇ」

「舐めてない」

「舐めたッ」

「——ない」

「ウソだ。舐めただろ」

「舐めてねーって。ただちょっと、息吹いただけだろうが」

「だからぁ、いきなりすんなってーの」

「いきなりじゃなきゃ、いいのか？」

「よくないッ」

「おまえ、耳も首も真っ赤」

「……だからぁ」

「今ので——乳首、勃《た》った？」

いきなりのツッコミに、哲史はウッ…と言葉に詰まる。

男の生理は即物的。だから、せめて、デリカシーが欲しい。

（そう思ってンのは、俺だけか？）

美貌《びぼう》のカリスマオーラが、何だの。ストイックな男の色気が、どうだの。翼への美辞麗句はそれこそ数限りなくある。もちろん、ひっそりと囁《ささや》かれるバッシングもそれに負けてはいなかったが。

そんな翼が、哲史にだけは生々しい十七歳の欲望を隠さない。

『おまえの乳首、噛んで吸いたい』

真顔の囁きは甘く。

『もっと……もっと俺を欲しがれって、哲史。いつも、俺ばっかり欲しがってるようで……ムカつく』

組み敷かれる身体は熱い。

『奥の奥まで突っ込んで――泣かすぞ』

身も心も束縛される重さが心地いいなんて、初めて知った。

でも。

……だけど。

いきなり獣モードで迫ってくるのはやめて欲しい。哲史にだって、心の準備というモノがあるのだから。

「なぁ、哲史。エッチしたい。なぁ……したい。おまえは？」

（……反則だよなぁ。そんな、スッゲーやらしい声で誘われたら……したくなるに決まってるじゃん）

するのが嫌なのではなくて、哲史としては、場所を選んで欲しいだけ――なのだが。

「だから……茶碗洗ってから」

ホントは、風呂《ふろ》にだって入ってしまいたい。今日は汗もかいたし。

だけど、そんなことを言ったら、絶対、翼は一緒に風呂に入ると言うに決まっているのだ。

たとえ、自分は風呂上がりでも。

風呂は、嫌だ。

マズイ。

――ヤバイ。

前に翼と一緒に入って、『洗ってやる』の一言でどこもかしこも弄《いじ》られまくって、のぼせて、マジで腰が立たなかった。

だいたい、あの、妙にしっとりとエコーのかかった風呂場で喘《あえ》ぐ自分の声を聞くのはメチャクチャ恥ずかしかった。

「俺は……茶碗以下か？」

ブスリと、翼がごちる。

「だからぁ、明日の支度は先にやっとかないとマズイだろうが」

「なんで？」

（おまえ……それを俺に言わせるわけ？）

スッ惚《とぼ》けているのか？

それとも――まんまか？

こういうときだけ、翼の顔色はどうも読みにくい。

「だって……。おまえとやったあとは、俺、腰立たねーし」

だから、そういうことなのだ。

とたん。翼が口の端で妙に意味深に笑った。

それが――ちょっとだけ、ムカつく。

「ただのエッチでも、おまえ、けっこうやりたい放題するだろうが」

今日は、特にヤバイ気がする。佐伯の話もしたし。

だから、先に念押ししておくに限る。翼に抱かれて、いいように弄くり回されて、何がなんだか訳がわからなくなってしまう前に。

「だから……ちゃんと手加減しろよ？」

きっちりと。

——上目遣いに睨む。

「ンじゃ、さっさと茶碗洗え。待っててやる」

エラソーに顎《あご》をしゃくる翼は、いつもの、見慣れた翼だ。

それで、ちょっとだけ、哲史はホッとする。

抱きしめて、キスをする。

ベッドに哲史を組み敷いて、足を絡ませ、ディープなキスをする。

角度を変えて、きつく。

甘く。

……深く。

舌をねじ込んで、好きなだけキスを貪《むさぼ》る。

そうすると、哲史はいつも、ちょっとだけ苦しそうに身じろいで。背中に回した手で翼にしがみついてくる。

甘いのも、キツイのも、哲史はキスが好き。

だから、舌を絡めて思うさま吸ってやる。

それで、歯列の裏を舐め回して口蓋《こうがい》の奥をチロチロとくすぐってやったら、ヒクリと喉《のど》を鳴らすのだ。

密着した下腹で、次第に哲史が硬くなる。

ディープなキスひとつで、哲史の息が上がり、股間《こかん》を膨らませる。

そのことを見せつけるように腰を揺すってやったら、どこもかしこも熱を持った哲史の耳が真っ赤に熟れた。

「勃ってンぞ、哲史」

熱を持った耳たぶを噛《か》みながら、膝頭でタマをグリグリ押し上げてやると。

「ヒャッ……んッ」

鼻にかかったような甘い声を上げて、哲史の眉間《みけん》が引きつった。

「つば……さぁ……。…っばさぁ……」

「……なに？」

「……して……」

「何を？」

「──して…」

「だから、手加減してやってンだろうが」

「ちがっ……そ…じゃなく……て。……な？　ン…ぁ……してっ……」

「タマ……揉《も》んで欲しい？」

唇を噛みしめてコクコクと頷《うなず》く哲史が可愛い。

「じゃあ、どうすればいいか……わかってるよな？」

「意地……悪いぞぉ……翼ぁ」

「だから、ほら。早く、しろってぇ」

キリキリに尖《とが》った乳首を摘んで弾《はじ》くと、

「やっ…あぁぁぁ……」

ヒクヒクと唇を引きつらせて、哲史がゆったりと目を開けた。

「ちゃんと、目ぇ、開けてろよ。いいな、哲史」

トロリと潤んだ碧瞳が、一瞬、泳ぐ。

「ほら、ちゃんと俺を見ろって」

「ぅぅぅ…ぁ……ぁ…」

密着した足を少しだけずらし、翼は双珠の在り処《か》を確かめるように指で探る。

掌《てのひら》で、袋ごと珠《たま》を揉みしだく。そして、ときおり、クリクリと指を絡ませて握り込んでやると。哲史は、

「いぁっ……いいッ……」

甘い喘ぎを漏らして。ヒクリ、ヒクリ、腰をよじる。

そうすると、哲史の碧瞳がトロトロに潤んで、ゆったりと色を変えていく。翼の望む、艶やかな蒼《あお》へと。

誰も知らない。

龍平も、哲史自身も。

だから、その『蒼』は翼の唯一の宝物だった。

「翼……もっと…。つばさ……して…つばさぁ……」

哲史が掠《かす》れた声で翼を呼ぶ、翼の好きな艶色の瞳《ひとみ》で。その声を聞きたくて、その眼差《まなざ》しに囚《とら》われてしまいたくて、翼は、手の中のモノを愛おしげにゆったりと揉み上げた。

*****　Ⅳ　*****

土曜の朝。

目覚ましのアラームをかけていてもいなくても、いつも通りに、午前六時前には目が覚めてしまう（習慣という体内時計がきっちり刷り込まれているのだろう）哲史が生あくびを漏らしながらベッドを出て窓のカーテンを開けると、雨だった。

久しぶりのお湿り――というには過ぎるほどの強雨。

（うわぁ……朝っぱらから、どしゃ降りだよ）

雷が鳴っていないだけマシかもしれないが、起き抜けの気分はどんよりと萎《な》えてしぼむ。

（昨日までは、ずっと晴天続きだったのになぁ）

それを思うと、テンションもぐっと下がる。せっかくの休日なのについてない……からではなく、もっと別の意味で。

例の、一年五組の緊急クラス会は午後一時からである。

だから、だろうか。重く、低く、ドス黒く垂れ込めた暗雲は、あたかも未来予想図。バシバシと窓ガラスを叩き付ける雨粒は、まるでヒステリックに声を荒げる一年五組の保護者の声。ついつい、そんなふうにも思えて。

(はぁぁ………。ついに来ちゃったよぉ、本番が……)

朝イチから、どっぷり深々とため息が止まらない。

当初は平日の夜に予定されていたらしいクラス会が、二転三転。結局、土曜日の午後に変更になったのは、

『俺たちをオブザーバーとして出席させるなら、保護者だけじゃなくて一年五組の奴らも全員参加が条件』

翼がそれを口にして譲らなかったから……らしい。

哲史的には、その条件が満たされずにクラス会が潰《つぶ》れようと、哲史たち抜《オブザーバー》きで始まろうと、どちらでも構わなかったのだが。わざわざ時間を割いてまで、一年の保護者の愚痴に付き合ってやる義理も暇もなかったので。

——と、いっても。それを告げる久保の口調は相当に苦り切っていたが。

「杉本。おまえたちの心情を汲んでここまで調整するのは、ホント、大変だったんだからな。深見先生にちゃんと感謝しとけよ?」

こちらの都合もお構いなしにオブザーバーの話を振ってきたのは学校側なのだから、それはある意味、当然なのではなかろうか。感謝しろと言われても……である。

言わなくてもいい一言を口にしてよけいな軋轢《あつれき》を引き起こすのは、哲史の本意ではないし。

とりあえず、その場は黙って頭を下げておいたが。

逆に、龍平などは、

「ふーん……やるんだ？　なんか、手ぐすね引いて待ち構えてるって感じ？」

妙にあっけらかんとしていた。いつものまったり感も薄れて、春の日溜まりがいきなり冬の木漏れ日もどき……。なんだかなぁ——である。

翼に至っては、

「だったら。きっちり、さっくり、カタをつけてやる」

薄い笑みを片頬に刷《は》いて、口の端を吊《つ》り上げた。

普段の哲史ならば、そこで、

『おまえ、それって、絶対に面白がってるだろ』

ツッコミを入れたいところだが。これ以上ヘタにイジると、翼が——いや、事が、思いもしない角度で突き抜けてしまいそうで……怖い。

哲史も沙神高生である以上、学校側のメンツを立てるのも吝《やぶさ》かではない。面倒くさいのは一度で充分だし、それできっちりカタがついてしまえば万々歳……なのだが。ある意味、やる気マンマンな翼ほど怖いモノはない。事がどっちに転んでも、ド派手に収拾がつかなくなるのはわかりきっているので。

(誰が貧乏クジを引くのかな)

だから。いつになくやる気な翼のフォロー——という、貧乏クジである。

さすがに、龍平には誰も振ってはこないだろうし。当然、哲史はパスである。

翼の一言でクラス会の日時まで変更になったということは、つまり、どんな理由であっても当日に来なかった者はあとで何を言う資格も権利もない。学校側としては、その言質を取ったも同然……ということになるのだろうか。

(もしかして、マジで委任状とか取ってたりして……)

そこまでやってしまうと、本当に笑えなくなってしまいそうで。

すでに、一クラス三十人以上が不登校という状況からして非常事態である。笑おうにも笑えないことに代わりはない。

翼が『条件』を突きつけた時点で、保護者の心情を逆撫でしたのも同然。哲史たちは完璧に悪役《ヒール》決定である。それも、今更……なのかもしれないが。翼がいつもと違って変にやる気マンマンなように、一年五組の保護者も、しぶる我が子の首根っこを引きずってでも出てこないわけにはいかないだろう。

(メチャクチャ荒れるだろうなぁ)

今日の、この空模様のように……。保護者が『何』を『どう』思っているのかは知らないが、哲史たちには何の非もないことがはっきりしている以上、結果は初めから見えている。

勝負にもならない喧嘩を吹っ掛けてきたのは向こうなのだから、結果がどういうふうに転ぶにしろ良心も痛まない。

だから、きっと、今日の翼のエンジンは初めからバリバリに全開だろう。

こんなことは慣れっこ……。それも、どうかと思うが。

数ある翼の武勇伝で一番インパクトのあるのは『担任潰し』だが、小・中学の保護者を戦々恐々とさせた異名は『親バカ殺し』である。哲史としては翼がそんな呼ばれ方をするのも業腹なのだが、逆鱗に触れたバカな親をブッた斬るのに情け容赦ない翼の毒舌豪腕ぶりがあまりに有名であったのも事実だ。

そんな翼の武勇伝を知っていれば、たとえ冗談でもオブザーバーの『お』の字も振ってはこなかっただろう。

幸か、不幸か。今現在、沙神高校でブラック大魔王な翼の本性を知る者は、哲史と龍平のほかには、おそらく鷹司くらいなものだろう。

その鷹司も、執行部会長の藤堂ともどもオブザーバーで呼ばれていると知ったときには、もはや、ため息も出ない哲史であったが。

関係者は皆一列に並べて、吊るし上げ？

（無知って、ホント、怖いよなぁ）

聞くのは一時の恥、知らぬは一生の恥——とは言うが。世の中には、知らずに済めばそれが幸せ……なこともある。

一年五組の保護者にとって今日という日が一生忘れられなくなるかどうかはわからないが、大災厄な一日になるだろうことは想像に難くない。

何にせよ。動き出してしまった歯車は止められない。

言ってしまえば、それに尽きるのだが。

◆◇◆◇◆

午前十時をわずかに回っても、降り続く雨脚は少しも弱まらない。

「雨よねぇ」

「しかも、どしゃ降り……」

「なんか……意味深って言うか」

「まさに、オーメン……よねぇ」

市村家の母と娘は息もピッタリに、どんよりとため息をこぼす。

その視線の先ではいつものように、のんびり・まったり・ゆったりと龍平が遅めの朝食を摂っていた。

「龍平……」

「んー？　なにぃ？」

口をモゴモゴ言わせて、龍平が明日香《姉》を見やる。

「外、どしゃ降りなんだけど」

「……だねぇ」

「今日、何時からだっけ？」

「……一時」

「大丈夫？」

「何がぁ？」

「まさか、自転車で行くつもり？」

「……車。ツッくんのおじさんが学校まで送ってくれるってぇ」

とたん。

「えーッ。もしかして、蓮城のおじさまがウチにいらっしゃるのぉ？」

露骨すぎるほどに明日香の声が弾んだ。

「そう。おじさん休みだから、学校まで乗っけていってくれるって」

――ラッキー。

滅多《めった》にお目にかかれない蓮城パパが龍平を迎えに来ると知って、俄然《がぜん》、明日香のミーハー度は跳ね上がる。

大学生の明日香からすれば、我が家の父親と同世代の尚貴も中年《オヤジ》と呼ばれる年代だが、同じ親父でも、尚貴の場合はそんじょそこらの『オヤジ』とは品格からして違う。

そこらへんが、明日香的には『蓮城のおじさま』なのだった。

龍平には、

「お姉ちゃん、それって、なんか……変。脇腹《わきばら》が、ムズムズする」

今イチ、受けなかったが。明日香のこだわりが撤回されることはなかった。

一児の父親とは思えないほど若々しい尚貴は、仕事が人並み以上に『デキる男』には違いないのだが、エリート志向の鼻持ちならないギラギラ感が少しもなかった。それどころか腰が低く、その口調は穏やかで、早い話が傲岸不遜《ごうがんふそん》の俺様オーラを垂れ流しにする翼とはまったく似ても似つかない親子なのだった。

確信犯で落ちこぼれることを止《や》めてしまって以来、沙神高校のエンブレム入りのブレザーもビシッと隙なく着こなす翼の痺《しび》れるような格好良さは、ご近所では『背広美人』と噂の高いスーツ姿もバッチリ決まった尚貴と相通ずるモノがあって、タイプはまったく違うが頭脳明晰な美形親子――なのは間違いなかったが。

「そっかぁ。おじさま、休みなんだ?」

「蓮城さん、独立なさってからは仕事が忙しくて、お休みも滅多に取れないようなことおっしゃってたけどねぇ」

「ホント。珍しいよね。あー……だから、今日はどしゃ降りなのかも」

ミーハーなこだわりは、こだわりとして。なにげにサクリ…と、暴言（？）を吐きまくる明日香であった。

市村家と蓮城家の関わりは深い。

もともと父子家庭歴の長い蓮城家であったから、学校関係で尚貴が保護者として関われることはごくごく限られていて、そういう保護者絡みのことはほとんど龍平の母親——由美子《ゆみこ》が情報源であった。

やれないことを無理にしようとすると齟齬《そご》が出る。

だったら、やれる人がやれる範囲でカバーすればいい。

それはボランティアではなく、人間関係をより良くするためのちょっとした心遣いである。

哲史が同居するようになってからは蓮城家の情報不足も改善はされたようだが、親同士の繋がりは市村家オンリーという状況は変わらない。だから、尚貴は今でも時々、由美子に沙神高校での様子を聞いてくるのだ。

もっとも。今回のことに限っては、由美子の方から尚貴に連絡を入れたのだが。

はっきり言って、オブザーバーの話自体、由美子には寝耳に水であった。沙神高校の二年生の学年主任である深見から連絡をもらうまで、市村家では誰一人として、そんなことになっているとは知らなかったのである。

普段の龍平が龍平だから、家でもさぞかし、その口は滑らかで会話も弾むだろうと思われがちだが。口調はまったりと滑らかでも、のべつ幕なしに歯止めがきかないほどペラペラと口が軽いわけではないのだ。

聞けば、それなりにきっちりと答えは返ってくるが。たとえ、それが、予想外のサプライズ——世間様の常識から大きくズレまくっているようなことでも。あるいは、目からウロコな思いがけない発見であっても。だからといって、龍平の口は決して軽くない。

そんなものだから。ある意味、バスケ部の謹慎事件のときよりも驚きは大きい。

なのに、龍平は。

「ウン。そうなんだよ。なんか、そういうことになっちゃって。けど……なんで、お母さん、知ってるの？」

実にあっけらかんとしていた。由美子としては、そういう大事なことは、学年主任から連絡が来る前に言ってもらいたかったりするが、

「だって、ただのオブザーバーだし」

ケロリとしていた。

いや……さっくりと予防線を張ってくれた。まったりとした独特の龍平のしゃべりが妙に簡潔明瞭になったときは、そこで話は打ち止めという暗黙の意思表示である。

素直なようで、妙なところで変に意固地。

下手をすると、ガンとして譲らない頑迷なところが龍平にはある。そこをこじ開けることができるのは家族ではなく哲史だけなのだと、中学三年の受験シーズンに思い知らされた。

「あんた、オブザーバーの意味、ちゃんとわかってる?」

明日香に突っ込まれても、

「ヤだなぁ、お姉ちゃん。それって、なにげに暴言じゃない?」

逆にツッコミ返す始末で。

だから、由美子は、その話は龍平に聞くよりも尚貴に聞いた方が早いと思ったのだ。尚貴ならば、もしかして、哲史からそこらへんの詳しい状況を聞いているのではないかと。

翼と龍平はどうでも、哲史は常識人である。

二人には聞けないことでも、哲史には聞ける。

——だが。

『僕も先日、学年主任の先生から連絡をいただいて初めて知ったんです』

尚貴にとっても思いがけないサプライズであったらしい。

『どうやら、この一件に関して、あの子たちにはあの子たちの譲れないポリシーみたいなものがあるらしくて』

そこのところが、由美子としては知りたいのだが。如何《いかん》せん、龍平のガードは堅い。

『親としては心配なところも多々あって、横からつい口を出したくはなるんですが。あの子たちの気持ちを尊重して、僕的には、とりあえず静観……ですかね。一応、哲史君にはきちんと事後報告はしてもらうようにしましたので』

蓮城家でも、哲史がキーパーソンであることに変わりはないらしい。

思わず、それを口にすると。

『まぁ、ウチは翼があんなふうですから。アレやらコレやら、みんな哲史君にオンブにダッコで……。いやぁ、父親としてはどうにも面目ないんですけど。無い物ねだりをしてもしょうがないですし。だったら、僕は別方向であの子たちをバックアップしていければいいかなと思っているんですよ』

電話口の向こうで、尚貴はそんなふうに笑った。

達観――だろう。

ただ流し見にするのではなく、静観。言うのは簡単だが、それをやるのも忍耐とそれなりの器量が求められる。

だから。由美子も、それでいいかな……と思った。

親の庇護《ひご》下にある高校二年生《未成年》は、確かに、青臭い正論を吐きまくるだけの未熟児なのかもしれないが。年齢《歳》を喰っただけで大人になりきれない非常識な人間《子ども》も、大勢いる。

彼らは、ちゃんと自分を主張するべき信念《言葉》を持っている。それは何もせずに与えられたモノではなく、彼ら自身が闘って勝ち取ってきた価値あるモノなのだ。

由美子も尚貴も、それを知っている。それこそ、親として、ギリギリと歯嚙《はが》みせずにはいられないことも多々あったので。

彼らが、オブザーバーという立場で何をやろうとしているのか。それはわからない。だから。尚貴は無理に聞き出すのではなく、静観するというのだ。彼らを信頼して。

やきもきと、あれこれ心配させられるのは、謂《い》わば親としての特権だろう。

義務ではなく、愛情。

見てないようで親のやることのすべてを凝視しているのが子どもだ。

無関心ではなく、信頼。

そのボーダーラインさえ間違えないでおけば、何かが……どこかが多少ズレたとしても修正はきくだろう。

それを思って。由美子は、

「龍ちゃん。ご飯、お代わりは？」

龍平を促す。

「ん──……いる」

「ちょっと、龍平。あんた、まだ食べるの？」

「え…？　だって、しっかり食っとかないと」

「朝っぱらからそれだけ食べれば、充分だと思うけど？」

「深見先生は一時間くらいとか言ってたけど、どうせ、長引くに決まってるし。その間、何も食えないんだよ？　途中で腹が鳴ったりしたら、なんか、カッコ悪いし」

「なんだ、龍平でもやっぱり、カッコとか付けたがるんだ？」

「ツッくんが、ハッタリかますのもオブザーバーの役目だから、とりあえず、おまえはデーンと腰据えてカッコ付けとけって」

とたん。明日香が、ブッと噴いた。

「なんだよ、お姉ちゃん。その、バリバリ意味深なリアクションは……何？」

肩を揺すって。

笑い声を噛み殺して。

そうやって、ひとしきり笑って。明日香は、

「そっかぁ、翼君と龍平が二人して睨みきかしておけば、誰も、下手に暴走なんかできないわよねぇ」

茶を一口啜《すす》る。笑いすぎて、さすがに喉《のど》が渇いたらしい。

「……でも、ツッくん、バカに何度も付き合わされるのイヤだから、一気にきっちりケリ付けるって言ってたし。そしたら、やっぱ、荒れちゃうんじゃない？　久々に、ツッくんの親バカ殺しが炸裂《さくれつ》しちゃうかも」

龍平が、なにげに凄《すご》い台詞《せりふ》をサラリと吐きまくる。

あながち暴言とも言えない既成事実のあれこれを思い出してか。

――瞬間。

明日香が湯飲み茶碗を握りしめたまま、派手にむせた。

◆◇◆◇◆

午後十二時を回った頃。

雨はまだ降り続いているが、ドス黒く暗雲一色だった空も何とか持ち直しはじめてきた。

鷹司と藤堂は、駅前の大通りから信号を渡った向かいのファミリー・レストランで昼食を摂《と》っていた。

ここから沙神高校までは歩いて十五分ほどだ。待ち合わせをして、ついでに昼飯を食べるにはちょうどいい。

ランチタイム時ということもあってか、店内は混んでいる。中には、鷹司たちと同じように沙神高校の制服を着た者たちがチラホラ交じっていた。

土曜休みに制服姿、言わずもがなだろう。

鷹司たちが一発でそうと気付いたように、彼らもまた生徒会執行部コンビを目にして一様に双眸《そうぼう》を瞠《みは》り、ある者はそのままぎくしゃくと目を伏せ。またある者は、母親らしき女性とヒソヒソと囁《ささや》き。中には、しつこくガンを飛ばしてくる保護者らしき姿もあった。

それって……どうよ？

眉をひそめるより先に、鷹司も藤堂も、今回、自分の置かれている立場以上のモノを感じないではいられない。

鷹司と、もう一方のオブザーバー組である三人とは中学の先輩・後輩。それだけで、生徒会執行部は全面的に二年生寄り――などと、本館校舎ではそんなことがまことしやかに囁かれているらしい。

そんなプライベートなこと（実際にはプライベートですらもないのだが）で、執行部が個人に肩入れすることなどあり得ない。ちょっと冷静に考えてみれば疑いようのないことでも、穿《うが》った見方をすればキリがないのかもしれない。

鷹司的には、副会長の自分の意見が執行部の総意であるように思われること自体、なんだかなぁ……ではあるが。

結局のところは。保護者が誰をターゲットにしていようと、学校側が何を勘違いしていようと、今回のキーパーソンは杉本哲史なのだった。

「はぁぁ………。本番が始まる前から、場外ラウンド突入――って、感じ？」

ハンバーグ定食の付け合わせであるポテトをつつきながら、鷹司は小声で漏らす。

「バトルモードに入る前に、とりあえず腹ごしらえ。基本は、間違ってはないよな」

どうせ時間通りには終わらないに決まってるし。

言外にそれを匂わせながら、藤堂はヒレカツをさっくりと頬張《ほおば》る。

「考えることは、みんな同じみたいだけどね」

下手の考え休むに似たり——とも、言うが。

何事も、思ったようにすんなりとはいかないのが世間様の常識である。そこらへんは、鼻息は荒いが沙神高校の実情には疎いだろう親よりも子どもの方がまだしも現実的であるかもしれない。

その子どもである一年生たちも、実際のところは何もわかっていないのかもしれないが。今の今、それを持ち出して愚痴ってもしょうがない。

「杉本とは、あれからどうだ?」

「どうだも何も、ないけど?」

話がこれだけデカくなる前なら、気軽に声をかけられたかもしれないが。この状態でうっかり立ち話でもしようものなら、翌日には即、鷹司と哲史がなにやら密談をやっていた——などと痛くもない腹を探られるのがオチだろう。

何しろ、緊急クラス会のことは本館校舎だけではなく、新館校舎をも巻き込んでド派手に盛り上がっている。

「今更、俺たちがヤキモキしたってどうしようもないけどな」

「そうだね。僕たちはあくまで外野だし」

「あいつらは、余裕だろうけど」

それは、言えるかもしれない。

どういう場に立たされても小憎らしいほどの余裕が平常心と言えるなら、あの三人は最強のトライアングルだったりするかもしれない。

「まぁ、それは別にして。俺、ひとつだけ、ものすごく気になることがあるんだよな」

「何が？」

「俺たちは、まぁ、オブザーバー……つったってただの外野だけど、あいつらは一応当事者なわけだろ？」

「不本意ながら……ってやつ？」

「それ、あいつらの親はどう思ってんのかな」

「……え？」

いきなり、虚を衝《つ》かれたような気がして。鷹司は、まじまじと藤堂を見やる。

「だから。その場で条件を突きつけたのは蓮城の思いつきかもしれないけど、それと親の気持ちとは、また別口だろ？」

親の気持ち……。

言われて、初めて気付いた。一年五組の保護者の気持ちにばかり囚《とら》われて、三人組の親の気持ちなどまったく頭の隅にもなかったことに。

(や……目からウロコって感じ)

さすが、藤堂……。着眼点が違う。

それも、あるが。

あの三人が三点セットであることがあまりにも当然すぎて、そのことだけがやたらクローズ・アップされて、それ以外のことはまるで思い至らなかったというか。ある意味、ブラインド状態だったからかもしれない。

「一年の親があれだけキーキー言ってんだから、そういう場に息子を同席させるなんて、親の気持ちとしてはけっこう複雑つーか……心配じゃねーか?」

「それは、そうかもしれないけど……」

「けど——何?」

「藤堂が思ってるような『心配』とは、ちょっと違うような気がする」

「どう、違うわけ?」

そこを突っ込まれると、鷹司としてもはっきり確かめたわけではないので、

「や……どうと言われても」

口を濁すしかないのだが。

鷹司が、思うに。三人組の言動のド派手さに反比例して彼らの保護者の印象が希薄なのは、

そういう話がまるで人の口にも上らないからだろう。

存在感が希薄なのではない。中学時代、彼らの家庭事情のプロフィールなどは学年違いの鷹司の耳にまですんなりと入ってきたくらいなのだから、ある意味、丸裸も同然であったし。虚実入り乱れた『噂』のたぐいは、それこそ掃いて捨てるほどあった。

それでも、彼らの保護者の名前がそういう噂以上で耳を騒がせることはなかった。

「中学のときも、そうだったんだけど。あの三人絡みのトラブルって派手なことはすっごく派手なんだけど、僕が知ってる限り、双方の親を巻き込んでどうのこうのっていう問題になったのは……たったの一回きりなんだよね」

そう、なのだ。

口にしてみて、改めて気付かされる。

やることは、ド派手にやるが。

そのインパクトたるや、目にも耳にも心臓にも痛いが。

三人組の地雷を踏んで泣かされた我が子の代わりに出張ってきた親を毒舌暴言で撫《な》で斬りにしても、それは常に翼の独擅場だった。

考えてみれば何とも不思議なのだが、相手の親が血相を変えて学校に乗り込んでくることはあっても、それで三人組の保護者が学校に呼び出されてどうの……という話は滅多に聞かなかった。

放任、ではなく。

無関心……でもなく。

あえて言うのなら、無駄に揺らがない信頼——なのではないかと鷹司は思うのだ。

「一回だけ？」

「……そう」

「それって、つまり……。その頃から蓮城は、ものスゲー質《たち》の悪い確信犯だったってことなんだよな？」

そこで、あえて翼を名指しする藤堂にも、すでに深々と特大の刷り込みが入っているのかもしれない。

「まぁ、そうかも……」

「勝てる喧嘩《けんか》しかしないって？」

喧嘩……？

確かに。中学時代の翼の毒舌豪腕ぶりは、凄《すご》かったが。あれを『喧嘩』の一言で括《くく》ってしまうのも、なんだかなぁ……という気がする鷹司であった。

「…って言うより、そこに地雷があるってわかってるのに、それを踏んだらどうなるかわかってるのに、それでもついボコボコ踏みたがるバカな連中があとを絶たなかったってことなんだろうけど」

「それだって、ちゃんと計算ずくで三倍返しにしてるわけだろ？」

「どっちに非があるのか、一目瞭然《りょうぜん》だからねぇ」

それだけは、間違いのないことで。だから、我が子の言うことだけを鵜呑みにして出張ってくる親は結局……大恥をかくのだ。

「――で？　その一回ってのは、やっぱり、杉本絡み？」

「ウン……。あのときは、もう、みんなマジで凍っちゃったし。蓮城君だけじゃなくて市村君も一緒にブチギレだったから」

鷹司はそれをリアルタイムで目撃したわけではないが、その凶悪ぶりは人の口を渡るたびに威力を増して全校を震撼《しんかん》させた。

「そりゃ、スゲーな。もしかして……今回と同じ最凶最悪なパターン？」

「これって状況的には最悪かもしれないけど、別に最凶ってほどじゃないよ」

「一クラス、壊滅状態なのに？」

「だって、実際に怪我人が出てるわけじゃないし。思い込みでバカやって、それを間違いだって認めることもできないド阿呆な根性ナシが傍迷惑《はためいわく》に引きこもってるだけだしね。条件付けてオブザーバーに出ようって気になるだけ、蓮城君も市村君もぜんぜん余裕」

するど。藤堂は、束の間黙り込んで。

「慎吾……。おまえ、なにげに容赦ねーな」

ボソリと漏らした。

「んー……。僕もね、せっかくの土曜休みに、しかもこんなどしゃ降りの中、なんでわざわざ制服着て学校に出てこなくちゃならないんだろ……とか思ったら、いいかげんプチギレ？」

しごく淡々とそれを口にする鷹司に、藤堂は、

「言った者《モン》勝ちってかぁ？」

残りのヒレカツを口の中に放り込んだ。

◆◇◆◇◆

午後十二時五十分。

鷹司と藤堂が肩を並べて正門をくぐると、そのあとを追うように車が通り過ぎていった。

来客用の駐車場はすでに満杯である。車はそのまま素通りして本館校舎の玄関前にゆったり横付けされた。

運転席以外の三方のドアがほぼ同時に開き、見知った顔が降りてくる。

蓮城翼。

市村龍平。

杉本哲史。

「おぅ、本日の主役登場……ってか？」

別に茶化しているわけでも皮肉でもない。オブザーバーとはいえ、実質、彼ら三人が緊急クラス会の主役であったのだから。

そして。

「お父さん、ありがとう」

哲史がニッコリ軽く手を振ると、車はゆっくりと発進した。

「ふーん……。杉本の親父の車はレクサスか」

藤堂のつぶやきは低いが隠《こも》らない。それを聞き流しにして、鷹司は、

（お父さん……か。やっぱり、あの話は本当だったんだなぁ）

ひっそりとため息を漏らす。

哲史が『お父さん』と言ったから、藤堂は車を運転していたのが哲史の父親だと何の疑いもなく信じてしまったのだろうが。逆に、その一言で、鷹司にはそれが翼の父親だということがわかってしまった。

哲史の特殊な家庭事情。

――いや。家族の在り方すらもが多種多様になってしまった今の時代、両親の離婚も、そのどちらの親からも拒絶されてしまった子ども……というのもさして珍しくはなくなってしまったのかもしれないが。

（杉本君のおばあちゃん、亡くなっちゃったんだね）

たった一人の身内を亡くした哲史が翼の父親に引き取られたらしい……という話を鷹司が聞いたのは、ほんのつい最近のことであった。

二週間前。北白河《きたしらかわ》の繁華街で、普段滅多に会うこともないかつての級友——中澤《なかざわ》にバッタリ再会して立ち話をしていたとき。

「そういえば、鷹司。青瞳《あおめ》の杉本哲史があの蓮城翼と同棲《どうせい》してるって……おまえ、知ってる？」

ふと思い出したように、中澤が声を潜めたのだ。

それって……何の冗談？

思わず、鷹司が呆然《ぼうぜん》絶句すると。中澤は、プッと噴いた。

「な？　やっぱ、ビックリしただろ？」

「や……だな、中澤。それって、シャレにならないんだけど」

ただのジョークで笑い飛ばすには、シャレがきつすぎる。

「こないだ、俺も高野《たかの》にやられたんだよ」

『青瞳の杉本哲史』

かつて、哲史は、小日向中の上級生の間ではそう呼ばれていた。哲史の双眸が黒ではなく、それはもう、うっとりするほど綺麗な青色《ブルー・アイズ》だったからだ。

日本人の両親からは生まれるはずのないもの凄い確率の突然変異……らしい。そのせいで両親は泥沼の離婚になり、哲史は忌避されてしまったのだと。

人間というのは、常識外の異質を眼前にすると、きっちりふたつのタイプに分かれてしまうものらしい。

『是』か。

『非』か。

そして、受容できない者は更に二分化する。

『拒絶』するか。

『排除』するか。

哲史の青瞳は、まさに、周囲の者にその選択を迫る踏み絵であった。

鷹司が思うに。哲史の吸い込まれそうに澄んだ青い瞳は、それを見る者の魂を虜《とりこ》にする呪力《じゆりよく》と、醜悪な部分を抉《えぐ》り出す魔力があるのではないかと。でなければ、そのことで哲史が絶えずトラブルに巻き込まれる理由が思いつかない。

それは、さておき。

ある種、露骨すぎて視界の暴力——とまで言われたのは哲史に対する龍平の半端でない懐《なつ》き方であったが。それより更にあからさまだったのが翼の『三倍返し』で、当時、鷹司たち上級生の間では、

『あれって、絶対にアヤシイ』

ひっそりと、そんなふうにも言われていたのだ。

龍平のあれは天然だが、翼のそれは明確な所有欲。あの三人の行き過ぎた友情も、いつか、哲史が翼に喰われて絶対にヒビが入る——と。

それは、単なる嫉妬《しっと》だったかもしれない。

誰も付け入る隙がない、どこにも綻《ほころ》びがない、三人ですでにひとつの世界を持っている幼馴染みに対する嫌がらせと皮肉を込めた中傷だったかもしれないし。

どうやっても手に入らない高嶺《たかね》の花を、ただ指をくわえて見ているしかない者たちの怨嗟《えんさ》だったかもしれない。

「その高野も、誰かに引っかけられたんじゃないの？」

すると。笑いを引っ込めた中澤は、

「まぁ、同棲っつーのはジョークにしても、杉本が蓮城の家で一緒に暮らしてるのはホントらしいぞ」

妙に真剣な顔でそれを言った。

「それって……マジ？」

沙神高校の後輩である彼らの日常を見知っているだけに、鷹司的には今ひとつ現実だとは思えなくて。

しかし。

「おぅ。杉本ン家《チ》ジーちゃんもバーちゃんも亡くなって、あいつを引き取る親戚《しんせき》もいなくて。ほら、あいつの目が目だろ？　俺はスゲー綺麗《きれい》な青い目だと思うけど、なんか毛嫌いして邪眼呼ばわりをする奴もいるじゃん。特に、杉本の身内って、みんなバタバタ死んでいくしさ。だから杉本、下手すりゃ、マジで福祉施設行き寸前だったんだと」

話がそこまで具体的になってくると、鷹司も妙に落ち着かなくなって。

「ンで、蓮城の親父が杉本を引き取ることにしたらしい」

「そう……だったんだ？」

「そこらへん、いろいろ言われてるらしいけどな」

「いろいろ…って？」

「蓮城ン家、父子家庭だろ？　だから、杉本、家政婦代わりにいいように扱《こ》き使われてんじゃないか……とか。杉本、あのころから蓮城の弁当係やってたし？　その逆パターンだと、蓮城にパックリ喰われちまった慰謝料代わりじゃねーか、とか。まぁ、いろいろ」

鷹司は、思わずため息を漏らさずにはいられなかった。

人の噂ほど当てにならないものはないが。美談が、そのまま真実とは限らないが。それにしたって、酷《ひど》い言われようではないかと。

何となく、凝り固まった悪意のようなモノを感じないではいられなくて。つい、鷹司の眉間《みけん》も険しくなる。

「あー……そうだ。杉本の話で思い出したんだけど。市村の話は、聞いた？」

「市村君が……何？」

「高校受験、相当にヤバかったらしいぜ」

「……えっ？」

そんな話は初耳……だった。

「だから、市村の大暴走？」

「大暴走……って？」

「市村、ホントはバスケの特待生で神代《かみしろ》学園に決まりだったらしいんだけど」

それは、鷹司も知っている。

いや……。鷹司が中三のときには、もうすでにそういう噂が出来上がっていたのだ。それはつまり、常日頃の天然脱力ぶりを差し引いてもごっそりお釣りが来るほど龍平のバスケセンスは凄《すご》かったということなのだが。

だから、鷹司も、龍平の進学先は神代だと何の疑いもなく思い込んでいたわけで。龍平が沙神を一般受験して受かったと知ったときには、まさにビックリ仰天だった。

「杉本と同じ高校にしか行きたくないってゴネまくって、市村、ハンストやらかした挙げ句に病院に担ぎ込まれたらしい」

「……ウソ」

啞然《あぜん》。

「だから、マジだって」

……呆然。

「ホントに？」

ブッたまげ……。

「スゲーだろ？」

初めて聞く衝撃の事実——である。

「そんで、ホントに受かっちまったらしい。やっぱ、愛の力って偉大だよなぁ」

茶化しているわけではなく、中澤的には真剣に賞賛しているらしかった。

「だけど、俺的に一番ブッたまげだったのは、蓮城もちゃんとまともに高校受験してたってこと？ あんな超問題児が、よくまぁ、高校行く気になったよな。蓮城の担任、内申書書くの、ダラダラ脂汗だったんじゃねーか？」

「あー……中澤」

「何？」

「中澤は、蓮城君が……あの三人がどこの高校行ってるか、知ってる？」

「いや。知らねー。別に、そこまで興味ねーし」

興味がないと言いながら、中澤の口は思いっきり軽かったが。

もし中澤が、その三人組が今は鷹司の後輩だと知ったら、どんな顔をするだろう。

とりわけ。あの蓮城翼が、その年の入試トップの新入生総代だと知ったら……。

それを思わないではなかったが。とりあえず、やめておいた。それを口にすると、それこそ根掘り葉掘り、しつこく食い下がられそうな気がして。

——と。

そのとき。

「おい、慎吾」

いきなり、名前を呼ばれて。鷹司は、ハッと我に返った。

「あ……えっ？」

「どうしたんだよ。さっきから、ボーッとして」

「……何でもない。ちょっと、考え事をしてたもんだから」

「なら、行こうぜ。オブザーバーが最後《ケツ》じゃあ、カッコつかねーだろ？」

「うん。そうだね」

ボソリと漏らして。鷹司は、

（ホント、本番前にボーッとしてる場合じゃないって）

しゃっきり気持ちを入れ替えて、わずかに大股で歩き出した。

＊＊＊＊Ⅴ＊＊＊＊

本館校舎、第三ミーティングルーム。
軽くノックをして哲史がドアを開けると、一斉に視線が突き刺さった。
まさに、グッサリ。
……深々と。
一瞬、気圧《けお》されて。
（お…ワッ……）
思わず――腰が引けた。
とたん。
背後の翼の胸板に肘《ひじ》をぶつけて。哲史は、
（なぁに、やってンだかなぁ）
わずかにため息をこぼす。
（みんなにあれだけ大口叩いたんだから、今更みっともないマネ……できねーよなぁ）

軽く、深呼吸。

二度繰り返すと、逸《はや》りぎみだった鼓動もスーッと落ち着いた。

背後の翼は無言のまま、急《せ》かしもしない。ただ、哲史が一歩を踏み出すのを待っている。

（……ッし）

そうして、ゆったりと歩き出した哲史の足取りはほんのわずかの乱れもなかった。

誰の指示で、どういう意図でもってそういう位置取りになったのかは知らないが。オブザーバーの席は、一年五組の保護者と生徒に真っ向から向き合うようになっている。

テレビでよく見る記者会見（保護者的には謝罪会見のつもりかもしれないが）のそれを思い浮かべて、哲史は、

（見るからにバトルモード……だよな）

眼前の一団をザッと視線で舐《な》める。

すると、わずかに見覚えのある顔が視線に引っかかった。

紅潮した顔。

しんなりと蒼ざめた顔。

睨《にら》む顔。

オドオドと落ち着きのない顔。

――なぜ？

自分たちがここにいるのか？

――どうして？

ここに、いなければならないのか？

問いかける目。

挑む目。

詰《なじ》る目。

苛《いら》つきを隠せない目。

けれども。そこには、哲史が期待をかけるに値するような『目』の輝きはひとつも見あたらなかった。

予想はしていたが。

（やっぱ、一発であっさりケリがつきそうな雰囲気じゃねーよなぁ）

まぁ、為《な》るようにしか為らないのだろうが。

――と。

ドアをノックする音がして、ドアが開き。鷹司と藤堂が、静かな、だがキビキビとした足取りで入ってきた。

そして。二人が席に着くと。

「えー、では。皆さん揃ったようですので、一年五組の緊急クラス会を始めたいと思います」

どうやら、進行役は一学年主任の結城《ゆうき》が務めるらしい。

すると、早速。

「申し訳ありませんが。その前に、オブザーバーの皆さんのお名前を伺ってもよろしいでしょうか？」

前振りの口慣らし……と言わんばかりのジャブが飛んで来た。

「あー、えー……では、左から……」

その言葉を遮るように、

「人の名前を聞く前に、名乗れよ。それが礼儀ってモンだろ」

翼がピシャリと言い放つ。

とたん。

ザワリ――と、場が揺れた。

投げつけた球を見事に打ち返されるとは思ってもみなかったのか、

「……浅川《あさかわ》です。あなたは？」

そのトーンはわずかに跳ね上がっていた。

「蓮城」

「じゃあ、蓮城君。あなたはなぜオブザーバーとしてここに呼ばれたのか、わかってます？」

（スゲー度胸……。最初から翼攻めか？）

故意か、成り行きか。

どちらにしろ、一発目から、それと知らずに核爆弾のスイッチを押してしまったようなものである。

「そういうまだるっこしいの、鬱陶《うっとう》しいんだけど」

「……え？」

「だから、くだらない前置きはいいから、要点だけサクサク言えって言ってンだよ。時間がもったいない」

「ちょっと、あなたッ。そういう言い方は……」

気色ばむ保護者を、

「そっちが言う気ないなら、こっちから言ってもいいんだけど？」

ジロリと、視線で黙らせる。

「あー、蓮城君。君は、その、オブザーバーだから……」

あわてて結城が止めに入るが、

「わざわざ時間を割いてこんな茶番に付き合ってやってンだから、はっきり、簡潔に、要点を言え」

翼の口は止まらなかった。

茶番と言われて、保護者は目に見えていきり立つ。

すると。龍平が、肩を寄せてニッコリ囁《ささや》いた。

「ツッくん、最初からバリバリ全開だねぇ。この分だと、俺たちの出番ないかも」

それを言われてしまっては、哲史としても苦笑する以外にないのだが。

「あー、皆さん、お静かに。意見のある方は、挙手でお願いします」

とたん。

結城に促されたというより、もろに翼に対抗するように、一気にザザッと手が上がる。

「大津です」

……と。龍平の顔からスッと笑みが消えた。

「これは、緊急クラス会なんですよ？　遊びじゃないんです。いったい何の根拠があって、あなたは茶番だと言うんですかッ」

「茶番だろ。やったことのケジメもつけないでシッポ巻いて逃げてる根性ナシのために、何を話し合うわけ？」

「暴言でしょ、それはッ。ここにいる皆さんに失礼じゃないのッ」

「暴言じゃないよ」

今の今まで翼に集中していた視線が、まったりとした声にフッと途切れた。

「どぉも。市村です」

そう言うなりゆったりと立ち上がった龍平は、

「ちょっと、市村君。どこに行くのかね？」

最初から波乱含みの展開にすっかり動揺しまくった結城を無視して、

「や……だって、ここからじゃ、顔見えないし」

ズカズカと歩いていく。大津の方へと。

そして。ピタリと足を止めると、激昂する母親の陰に隠れるように縮こまった大津七海《ななみ》に、

やんわりと声をかけた。

「女バスの、大津さん？」

名指しされても、大津はピクリともしない。

「こんにちは」

こんなときに、何の冗談？

――とでも言いたげに。母親は、龍平と娘を交互に凝視する。

「今、お母さんの言ったこと……聞いてた？　暴言は失礼なんだってさ。君、どう思う？」

返事はない。

顔すら、上げない。

ただ、膝の上できつく組んだ指が震えているだけ……。

「あの……市村、くん？」

「お母さん、暴言は失礼なんですよね？」

「そ…そうです」

「茶番って言ったツッくんのこと、許せないですか？」

「え？……いえ、許すとか、許さない……とか、私は……その、そういうことを言ってるわけじゃ、なくて」

「でも、失礼なことを言ったら謝ってもらいたいでしょ？」

「え……えー、そりゃ、まぁ……」

「皆さんも、そう思ってるんですよね？」

ぐるりと視線を這《は》わせて、龍平はニコリと笑う。

すると。いきり立っていた保護者たちは毒気を抜かれたような顔で、口々に頷《うなず》いた。

「そうよねぇ」

「茶番だなんて、失礼よ」

「一言、謝るべきじゃないの？」

「そっかぁ。お母さんたちは、みんなそう思うんだ？　だったら、大津さん。君たちも、ちゃんと謝るべきなんじゃないの？」

口調は甘いのに、笑みがない。それだけで、龍平の醸し出す雰囲気が一変してしまう。

「ふーん……そうなんだ？　みんな謝る気ないんだ？　そしたら、やっぱ、ツッくんに茶番とか言われてもしょうがないよねぇ？」

いつの間にか、場はシーンと静まりかえっている。

一年五組の生徒たちは皆……項垂《うなだ》れて。逆に、保護者たちは、何が起こったのかまるで理解できていない。そのギャップに、オブザーバー席の者たちは、それぞれが何とも知れないため息をこぼす。

「えーと、あの、市村君？」

「はい？」

「どういうことなのかしら？」

「だから。一年五組のみんなが駐輪場でテッちゃんを待ち伏せて、卑怯《ひきょう》者呼ばわりの暴言吐きまくり。なのに、ごめんなさいも言えないンだってぇ。笑っちゃうよね」

初めて聞かされる衝撃の事実……だったりするのだろう。保護者たちは皆が皆、我が子を見やって、ざわめく。

——ホントに？

——何よ？

——ウソでしょ？

——どうなってるの？

「一人じゃ何もできないくせに集団で吊るし上げなんて、マジ、サイテー。卑怯者はどっち……って感じ」

それだけ吐き捨ててクルリと踵《きびす》を返した龍平の背中に、

「ならッ……。喧嘩に負けた腹いせに蓮城先輩に仕返しを頼んだ杉本先輩は、卑怯じゃないんですかッ！」

大津の言葉が突き刺さる。

「そんなの、おかしいじゃないですかッ！」

そんなどこかくぐもった叫びに触発されたのか、

「そうですッ」

「おかしいですッ！」

「みんな言ってますッ！」

弾《はじ》かれたように、堰を切ったように、あちらこちらから糾弾の声が跳ね上がった。

「みんなって？　どこの、誰のこと？　君たちの言ってる『みんな』ってさぁ、沙神高校のどこにいるわけ？」

「それは……だから……一年の、ほかのクラスの……みんな、ですッ」

「そうですッ。二組の人も、八組のみんなも、杉本さんのやったことはおかしいって言ってますッ」

「へぇー、そうなんだ？　二組とか八組の連中も、テッちゃんのこと卑怯者呼ばわりしてるわけだ。ふーん……それって、ホントのことなんだよね？　君たち、ちゃんと自分の耳で聞いたんだよね？」

きっちりと念を押しまくる龍平の口調からはまったり感も失《う》せている。

「じゃあ、それ、週明けに俺が確かめといてあげる。一年五組のみんなが、そう言ってたけどホント？……って。どういう返事が返ってくるのか、俺、すっごく楽しみ」

含むモノありありな言い様に、『みんな』を連発して息巻いていた者たちの声も一気にトーンダウンする。

「ウソってさぁ、ひとつつくたびに、そのウソをウソで誤魔化すことになっちゃうんだよ。知ってる？　ウソつくたびに自分の心が削れてボロボロになるんだよ。……キツイよ？　そういうのって、辛《つら》いよ？　誰が知らなくても、自分が大嘘つきだって知ってるからさぁ」

「どうして……。なんで、どうして、そうやってあたしたちをイジメるんですか。悪いのは、仕返しを頼んだ杉本先輩なのにぃぃッ」

「だからぁッ。俺が何をやったって言うんだよ？　おまえらの言ってること、訳わかんねーんだけど？」

翼が派手に口火を切って。

龍平が笑顔でグッサリ突っ込んで。

だったら。次は、自分の番《マイ・ターン》。

……などと、粋《いき》がったわけではないが。それでも、大本の元凶を断たなければ何も始まらないような気がして。

「おまえら、なんか、スゲー変な刷り込み入ってんじゃねーか？」

哲史は、それを口にせずにはいられない。

「えーと、なんだっけ……あ、高山《たかやま》。そう、高山。俺は、そいつと喧嘩《けんか》なんかしてないって。なのに、なんで仕返しとか、そういうことになるわけ？　訳わかんねーって。もしかして、高山が、おまえらにそういうウソ八百を垂れ流しにでもしたわけ？」

瞬間。皆の視線が、一気に同じ方向へ流れた。

すると。

「違うッ！　俺じゃないッ。俺はそんなこと、一言も言ってないッ！」

ヒステリックに声を荒げて、高山は口から唾《つば》を飛ばした。

「でも……蓮城先輩に仕返しされたから、それがショックで、不登校してるんだろ？」

「だけど、そしたら、なんで？」

「そうだよ。なんで、蓮城先輩が……」

「おまえら、バカか」

冷たく吐き捨てて、翼が立ち上がる。

「俺があいつらをシメに行ったのは、俺のことをダシにして哲史に因縁を吹っかけやがったからだよ。それで、怪我までさせやがって……。そうだよな、高山ッ」

いきなりの名指しに、高山は竦《すく》み上がる。

するとすかさず、翼は鷹司を振り返った。

「……ですよね、鷹司先輩」

しかも、今まで誰にも言ったことのない『先輩』付きである。

鷹司の顔がわずかに引きつって見えるのは、哲史の気のせいだろうか。

「……そうだね。杉本君が嫌がらせされてたのも、鞄で顔面一発叩かれて怪我したのも本当のことだから。杉本君を保健室に連れて行ったの、僕と藤堂……だし。ね？」

――とたん。最後の最後で同じ目線まで引きずり上げられて、藤堂は、実に不機嫌そうな顔をした。

「俺をダシにして哲史に因縁吹っかけて怪我させた奴をシバき倒すのは、俺の当然の権利なんだよ。そういうバカは、利子を付けて三倍返し。当然の常識に決まってんだろうが。だから、哲史を吊るし上げにして卑怯者呼ばわりしやがったおまえらも同罪なんだよ」

三倍返しの同罪。

突きつけられた言葉のきつさに、親も子も言葉を呑む。

「どうやってシバき倒してやろうか……。そう思ってたら、おまえら、龍平にサイテー呼ばわりされたくらいでばたばたケツまくりやがって。ホント、どいつもこいつもバカ丸出し」

「……蓮城君」

「不登校でも何でも、好きなだけ勝手にやってろ。…ったく、こういう茶番にまで俺たちを引っ張り出しやがって、クソがッ」

「蓮城君ッ」

「おまえらみたいな根性ナシはウザイだけだから、二度と出てこなくていい。自分のガキのケツの始末もできない親バカともども、部屋の隅で腐れてろッ」

「蓮城君ッ！」

悲しいかな。結城の悲痛な叫びは、毒舌針千本な翼には届かなかった。

***** エピローグ *****

午後三時二十分。

雨も、ようやく小降りになった。

――が。

沙神高校の正門を出て駅まで、肩を並べて歩いている鷹司と藤堂の顔色は冴《さ》えない。ましてや、その足取りはずっぽりと重かった。

「「はぁぁ……………」」

その瞬間。

どちらがリードを取ったわけでもないのに、二人の口からはドンピシャでどっぷり深々とため息が落ちた。

「ホント、凶悪だったよねぇ」

何が、とも。

どこが……とも。

誰が？

――なんて、言えない。

「あいつら、最初から飛ばしすぎ」

フル・スロットル。

その言葉を、嫌というほど実感する。

乗っているのは同じ『船』だと思っていたのに、振り落とされないようにしがみついている
のがやっとだった。

「蓮城君の第一声なんか、もろ……丸出しだったし。僕、となりで鳥肌立っちゃったよ」

あれは、やる気マンマンという意思表示だったのだろうか。

「それより、市村だろ。市村……」

それを言われると、鷹司はもう、何のコメントのしようもなくて。

「ハハハ……」

ただ――笑うしかない。

「笑えねーって」

それでも、乾いた笑いしか漏れない。

まさか、龍平があれほど辛辣《しんらつ》に連中を締め上げるとは思わなかった。

『テッちゃんを吊《つ》るし上げにして卑怯《ひきょう》者呼ばわりした奴ら、俺、絶対に許さないから』

有言実行……。

憤激の根は深い。

まさに、そういう感じであった。

「杉本だって、あれ、途中からアクセル踏みっぱなしだっただろ」

いつもは二人の暴走を阻止するブレーキ役なのに、だ。

二人に引きずられてズルズル……というより、今回は、ブレーキを踏む気がまったくなかったのではなかろうか。

「なんだろうね」

「……何が？」

「今日の杉本君、けっこうな男前だったよねぇ」

「はぁ？」

「や……だから、いつもはホンワカと凜々《りり》しいんだけど、今日はスッキリと凜々しかったってこと」

普段は翼と龍平の陰に甘んじているというイメージが強かったのだが、今日は、二人の強烈すぎる目眩《めくら》ましの奥から哲史の素顔が垣間《かいま》見えた。

「ホンワカでもスッキリでもいいからさ、核弾頭ふたつが両極端に弾《はじ》けちまう前に止めて欲しかったぜ、俺は……」

藤堂のため息が、重い。

「あれってさぁ、やっぱ、親子揃《そろ》ってドッボ……だよねぇ」

「ハメたのは市村だけど、蓮城、後ろから容赦なく蹴り落としやがったし」

「あの子たち、立ち上がれるかな」

「とりあえず、みんなで手ぇ繋いどけば、一人二人くらいこぼれても、最悪何とかなるんじゃねーか？」

「根性の見せどころ？」

「いっぺんケツまくっちまったしな。恥曝《さら》して歩く根性くらい見せなきゃ、登校してくる意味ねーだろ」

「んー……。藤堂も、けっこう容赦ないねぇ」

そんな鷹司を横目で睨《にら》み、

「おまえに言われたくねーって」

疲れたようにボソリと漏らす藤堂だった。

二人のラプソディー

柔らかな陽光がまばゆく大地を満たし、校舎を取り巻く桜木が今を盛りと、あたり一面を淡紅色に染め上げる——春爛漫《らんまん》。

その日。

広々とした敷地内には近代的でカラフルな校舎や体育館、武道場といった施設が立ち並んでいるのに、緑豊かな木々に囲まれたイメージが先行するのか、別称では『杜《もり》の学舎《まなびや》』などとずいぶん古めかしい呼ばれ方をされる私立沙神《さがみ》高等学校の講堂では、入学式を明日に控え、在校生徒たちは皆忙しくその準備に追われていた。

きれいにワックス掛けされて磨き上げられた床に長テーブルを運び、十組に分かれた列に沿ってスチール椅子をきっちり歪《ゆが》みのないように並べていく。

壇上のステージには大振りの花瓶に生花が活けられ、その背後には、

『第五回沙神高等学校入学式』

達筆な書が掲げられ。まだまだ新設校のイメージが強い沙神高校も、ようやく創立五周年目に突入したということである。

「なんか、一年なんて、アッという間だよな」

一週間前に新二年生に進級したばかりの藤堂崇也《とうどうたかや》は、

「ついこの間まで、俺たちがピッカピカの一年生だったのに……」

何やら感慨深げに、ボソリと漏らした。

身長180㎝に近い大柄な藤堂が無造作に制服を着崩して袖を捲《まく》り上げ、スチール椅子を片手に二脚ずつ、両脇に抱えて軽々と運んでいく。

そのとなりで、藤堂に比べればずいぶんほっそりとした鷹司慎吾《たかつかさしんご》が同じように椅子を抱えたまま、

「ピカピカ、ねぇ。藤堂がその顔でそれを言っても、なんか……シャレにならないって感じ」

率直すぎる意見を口にした。

「どういう意味だよ、それ」

思わずムッとして、藤堂がジロリと睨《にら》む。

頭半分の身長差がある藤堂に頭ごなしにそれをやられると、それでなくても強すぎる眼力《めぢから》に射竦《いすく》められるような迫力があって、並みのパンピーならば思わず腰が引けてビビリ上がるところだが。鷹司は、まったく臆したところはなかった。

昨年までは同じクラスだったこともあり、そこらへんは、もろもろクリア済みである。でなければ、藤堂の向こうを堂々と張ってなどいられない。

もちろん。それも、あるが。何を言われても、にこやかな笑顔ひとつであっさり躱《かわ》してしま

えるのが鷹司であった。

「だって、去年の新入生総代で挨拶したときの藤堂って、あまりにも場慣れしてるっていうか……。緊張感の欠片《かけら》もないっていうか。新入生のくせに生徒会長よりも堂々としすぎてて可愛げがない——とか、さんざん言われてたじゃない」

冗談でも、嫌味でも、皮肉ですらない。だから、まんま——である。

去年の入学式。

皆がこぞって注視する中、第四期新入生総代で名前を呼ばれてステージに上がった藤堂は、スポーツ特待生並みの頭抜けた体格のよさもさることながら、ある種、ふてぶてしいまでの存在感でその『名前』と『顔』を知らしめた。

全校生徒に。

——保護者に。

——教職員に。

新入生総代であるからには、当然、第四期生の学力ナンバー1ということである。それだけでも一目置かれるには充分であるのに、入学式での新入生らしからぬ威風堂々ぶりは『タダモノではない大物』ぶりを強く印象付けることになってしまったのだった。

もちろん。それに勝るヤッカミも妬《ねた》みも、漏れなく付いて回ったが。

『顔が濃い』

とか。

『年齢《とし》をごまかしてるんじゃないか？』

……とか。

『中学浪人して一年間予備校にみっちり通ってたから学力トップなんじゃないか？』

…………とか。

藤堂的には、

（何？　それ）

（バッカじゃねーの？）

（やってらんねー）

無視を決め込んだことも多々あったが。鷹司に、その大元の元凶を指摘されて、

「誰がって、入学早々、天使の微笑み《エンジェル・スマイル》を振りまいて、そこら中で誰かれ構わず骨抜きにしまくってたおまえにだけは言われたくないぞ」

しんなりと眉をひそめる藤堂だった。

嘘ではない。

ホラでもない。

何の誇張でもない。

まさに、そのまんま……だった。

いまどきの男子高校生に『エンジェル・スマイル』などと、言ってる端からグラグラ歯が浮くどころか、ひとつ間違えばキモイだけの魍魎《キワモノ》になってしまいがちだが。それ以外に適当な言葉が見つからなくて……。

藤堂のボキャブラリーが貧困なのではない。鷹司ほど『エンジェル・スマイル』が似合う少年《オトコ》など、ほかにどこを探してもいないだろう。

とにもかくにも。男の第二次成長期を無添加でスルーしてしまったかのような毒《アク》のない理知的な容貌《ようぼう》と、人当たり抜群で柔らかな物腰をした鷹司が、女子生徒のハートどころか、男子生徒の友愛《きもち》までガッチリ鷲摑《わしづか》みにしてしまったのは周知の事実である。

それを『天性のタラシ』と呼ばずして、何と呼ぶ。

「ヤだなぁ、藤堂。人を八方美人の詐欺師呼ばわりしないでくれる？　僕、まだ、本気で人をタラシ込んだことなんか一度もないんだけど？」

ニッコリ笑って切り返す鷹司は、なにげにスゴイことをサラリと吐きまくる。

（だから、よけいにタチが悪いんだろうが）

持ってきた椅子を並べながら、内心、藤堂は小さくため息を漏らす。確信犯なタラシなど、ある意味、最強最悪――ではなかろうかと。

華奢《きやしや》じゃない。

軟派じゃない。

脆弱《ぜいじゃく》じゃない。

でも。女子より色気がある男子って……どうよ？

純粋な疑問でも、悔し紛れのヤッカミでも、あるいは——ただの皮肉でも。それが鷹司に投げつけられたものならば、

「だって、しょうがねーじゃん。鷹司だし」

それで、皆が納得してしまえる。

存在感自体に『華』があるというのは、性別など関係ない。それを、鷹司はものの見事に体現してみせた。

柔らかいけれど、芯《しん》は硬い。

滑らかだけど、打てば響く。

甘いけれど、切れ味は鋭い。

それが、鷹司慎吾の真髄——だった。

——なので。

魅惑の眼差《まなざ》しと甘い微笑みに、うっかり騙《だま》されてはいけない。

アレ、とか。

コレ、とか。

ソレ、とか。

鷹司が思いのほか鋭利な『天使の牙』を隠し持っていることは、この一年で充分に思い知った藤堂である。

言葉を返せば。そのベタベタと甘くない小気味よさが逆に癖になってしまうほどには充分、鷹司とは親密だったりするのだが。

そんな鷹司の特技は、どんなに辛辣《しんらつ》な言葉でも嫌味なくスルリと相手を搦《から》め捕ってしまう『魔性の言霊《ことだま》』である。

魔性と書いて『悪魔』と読ませるのか、それとも『天使』と呼ぶかで、多少、その意味合いも変わってくるが。どちらにしろ、耳触りのいいトーンで『藤堂』と呼ばれる特権だけは手放したくない藤堂であった。

「んー……。あと、四列くらいかな?」

「——だな。サクサク済ませてしまおうぜ」

二人してザッと目をやり、また、スチール椅子を取りに戻る。

その他の列は、入れ替わり立ち替わり男子が次々に椅子を並べていくのだが。なぜか、藤堂と鷹司が受け持った組の列にはチラチラと横目で意味ありげな視線を送るだけで、誰も手を出さない。

互いに牽制《けんせい》し合っているのか。

——何を?

それとも、オジャマ虫になりたくないのか。

あるいは……。はたから見れば『二人だけの世界』の中に乱入するだけの根性がないだけ、なのか。

——誰の？

まぁ、それが一番正しいのかもしれない。

もっとも。外野の思惑がどうであれ、肩を並べて行ったり来たりする藤堂と鷹司の視線が互いを見やる以外に大きくブレて揺らぐようなことはただの一度もなかったが。

そのとき。

ふと、思い出したように藤堂が言った。

「あー……そういや、今年の新入生総代って、おまえンとこの中学の後輩だって？」

「——らしいね」

鷹司の出身は、小日向《こひなた》中学である。

去年の九月と十月に開催されたオープン・キャンパスには、受験の下見も兼ねて、各中学から見学者が大勢やって来た。むろん、受け入れ態勢の準備と限界もあるのできっちり予約制ではあるが。

小日向中学からも、十五人ほどが体験学習に訪れ、鷹司が付き添って学内の施設などを説明して回った。

その中には、ちらほらと見知った顔もあったが。彼らもそれなりに緊張していたのか、それとも、学校行事の一環であるという意識が徹底していたのか、あからさまに馴れ馴れしく浮かれまくるようなことはなかった。

沙神は大学進学率アップを目指した進学校だが、自分でカリキュラムを組んで単位を取れるシステムを導入した新設校ということもあって情報処理科の設備などが他の高校よりも充実しており、在学中に様々な資格も取れるのがウリになっている。

それゆえに毎年の受験の専願率は偏差値同様に高く、特に特進クラスの推薦枠などは人気も高く各中学の争奪戦になっていた。

実際に小日向中学から体験学習に来た何人が受験し、誰が合格したのか。鷹司は知らない。同じ中学の先輩としての役割はきっちり果たしても、その後のことにはそれほど関心がなかった——と、言えないこともないが。ただ、今年の新入生総代に選ばれた者がオープン・キャンパスの参加者でなかったことだけは確かなことだった。

「なんか、スゴかったらしいな。特進クラスでもないのに、英語・数学・理科の三教科はほぼ満点でブッちぎりのトップ合格だって？　職員室は大騒ぎだったらしいぞ」

しかも、推薦枠ではない一般受験で——である。

只事《ただごと》ではない一大事である。

なぜなら。

一般受験合格者と推薦組を交えて入学式前に行われるクラス編成のための実力テストにおいても、やはり、ブッちぎりのナンバー1で。特進組を差し置いてのトップ合格が、ただのまぐれ当たり《フロック》ではないことが証明されたからだ。

それゆえの真の学力キングというか、第五期新入生総代——なのだった。

常識的な慣例からいけば、その年の総代は特進クラス推薦組の中から選ばれるはずなのだが……。もちろん、前年度の総代である藤堂もその例に漏れなかったわけで。

ところが。第五期生組は大番狂わせの珍事であり、言葉は悪いが、特進クラスの面目丸潰れであった。

小日向中学には、そんな、スゴイ後輩がいる。

なのに。

「……うん。ビックリ」

いまいち、鷹司の反応は鈍い。

いつもの、打てば響くような切り返しとは違うタルさに、藤堂は思わぬ肩透かしを食ったような気がした。

「何？ その腑抜《ふぬ》けたリアクションは……。もしかして、あまりにも予想通りでつまらん…って、か？」

「……じゃなくて。どっちかっていうと、あんまりビックリしすぎて呆然《ぼうぜん》絶句のバカ面《ヅラ》状態—

—かな」

「……はぁ?」

謎かけにしてはストレートすぎて、逆に戸惑う。

その言葉の意味を、どういうふうに受けとめればいいのか……わからなくて。藤堂は、横目でチロリと鷹司を窺《うかが》う。

「もしかして、おまえ、そいつのこと……知らなかったりする?」

そういう可能性《こと》もありうるのかな?——と。

同学年ならば、まだしも。一学年下の学力テストの席次など、普通は興味も関心もないだろう。藤堂だって、そうだ。後輩といえば、部活関係の後輩の顔ぐらいしか思い浮かばない。

それだったら、一芸に秀でたスポーツ選手とか。極めつけの悪《ワル》とか。誰もがあんぐりするほどの美人とか。そういう特別な、派手な『肩書き』のある奴の方が視界に入りやすい。

ただ、決して簡単ではないクラス編成テストでブッちぎりの学力キングになるほどの秀才ならば、学年差を超えて、そいつのことも知っているだろう……ぐらいのことは思っていたのだ。

それが、ただの思い込みにすぎなかったのかもしれないと。

——が。

「いや、知ってるよ」

予想外にきっぱりと、鷹司は言い切った。

そう……。

鷹司は、彼を知っている。もちろん、個人的な付き合いなどはまったくないが。

——と、いうより。今年の総代を務める彼——蓮城翼《れんじようつばさ》は、ある意味、とてつもない有名人であった。それこそ、母校である小日向中学では、その『顔』と『名前』を知らない者はいないくらいの。

我が子の担任は別にして。他所《よそ》のクラスの担任の顔と名前は知らなくても、それは、保護者としてはそれなりの常識の範囲内だが。『蓮城翼』を知らない親は無知《モグリ》だと言われるくらい、彼の為人《ひととなり》は校舎中に轟《とどろ》き渡っていた。

よくも悪くも。

……ド派手に。

華々しく……。

「ンじゃあ、おまえの知ってる頃とは、ちょっとイメージが違ってるとか？」

「ウン。かなり、ね」

「へぇー……。つまり、新入生総代になるような奴じゃなかったってことなんだ？」

それ以前の問題である。

(だって、テストはいつも赤点スレスレで偏差値なんか付けようがない落ちこぼれ……とかクソミソに言われてたあの蓮城君が今年の新入生総代だよ？　もう……あんぐり)

……そう。

鷹司は、あんぐりで声も出なかったのである。

蓮城が自分の後輩になる。そのこと自体が、信じられなくて。

春休み明けの、始業式の当日。

今年の新一年の学年主任である本田から名指しで教務室に呼び出され、何事かと首をひねりつつドアをノックした鷹司は、そこで、いささか……いや、かなり興奮ぎみの本田にいきなり『蓮城翼』の名前を持ち出されて、まさに呆然絶句――であった。

学力テストとは、あくまで学校で教えられた知識の習熟度を評価するための基準であって、それで高得点を取った者が本当に頭のいいキレ者だとは限らない。だが、さすがに、新入生総代が彼だと知ったときには、それはきっと同姓同名の別人ではないかと、鷹司も思わず我が耳を疑ったほどだった。

いや……。

蓮城翼――という特異な名前が同姓同名である可能性は極端に低いと理性《あたま》ではわかっていても、何しろ驚愕《きょうがく》が大きすぎて、思考がそれを拒否してしまったのかもしれない。

あの、蓮城翼が……。

ウソだろ？

冗談だろ？

何かの間違いだろ？

驚愕というより、マジで衝撃《ショック》——だった。

本田に蓮城がどういう奴だと聞かれても、何をどう言えばいいのか……わからなくて。二の句が継げなかった。

鷹司の知っている『彼』と本田の言う『総代』とは、同じ『蓮城翼』であってもまるっきりの別人だったからだ。

まるで、点と線。そこから何をどうイメージしろと言われても、まったくふたつが繋《つな》がらなかった。

結局。鷹司は中学時代の彼の悪名など口に出せるはずもなく——たぶん、言っても信じてはもらえないだろうし。そういう中傷じみたことをするのは鷹司としても気分がよくないという以前に、鷹司のポリシーに反した。

彼がとてつもない『有名人』だったのは、何も赤点スレスレの落ちこぼれであっただけではない。

『あんなこと』とか。

『こんなこと』とか。

『そんなこと』とか。

いろいろとド派手な武勇伝を持っていて、迂闊に口に出せないという訳アリの人物だったのだ。

鷹司の記憶違いでなければ、彼のポリシーは、

【売られた喧嘩《けんか》は三倍返し】

——である。

しかも。無口を通り越して傲岸不遜《ごうがんふそん》を地で行く彼は、公言したことはきっちり有言実行の男であった。

そんなものだから。鷹司としても、

「蓮城君とは個人的な面識がなくて、よくわかりません」

それで押し通すよりほかになかった。本田は、蓮城翼のリサーチを仕損なってとても残念そうであったが。

（まぁ、ね。蓮城君って確信犯的なクセモノっていうか、どこか得体の知れないキレ者だとは思ってたけど。それにしたってさぁ……）

鷹司的には、正直、

『ビックリ』

『ドッキリ』

『ブッたまげ』

——であった。

「けど、三年になってガンガン成績が伸びる奴は、受験になってもけっこう追い込みがきくからなぁ」

否定はしない。

部活をやっている者は、特にその傾向が強い。蓮城はただの帰宅部だったが。

中体連が終わった夏休みが勝負——だとか言われているくらいだ。

実際、鷹司の知っている部活組も、驚異の追い込みで無事に志望校に合格した豪傑が何人かいる。

結局は、集中力とモチベーションなのだと思う。

塾通いだって、惰性でダラダラやってもしょうがない。

それでも。基本の基本ができていての追い込みである。

その基本の『基』がまったくダメな落ちこぼれ——と教師もサジを投げていたのが蓮城翼だったのだ。

「要は、やる気だろ？」

落ちこぼれから、新入生総代へ。華麗な転身——というには何とも、どうにもしっくりこなくて。

小日向中学始まって以来の問題児と烙印《らくいん》を押された彼の『何』が、それほどのやる気を掻《か》き毟《むし》ったのだろう。

聞けるものならば、そこらへんの蓮城マジックの種明かしをぜひ聞いてみたいものだと、鷹司は真剣に思う。たぶん……無理だろうが。

「そうだね。でも、本人を目の当たりにしたら、きっと藤堂もビックリすると思うよ？」

いや、藤堂だけではなく。

たぶん。

——絶対に。

明日は講堂中が衝撃にどよめくだろう。

「そりゃあ、ますます、明日が楽しみだな」

口の端をわずかに捲《まく》り上げて、藤堂が言う。

口調は軽いが、目がマジである。藤堂の興味を引いた証《あかし》であった。

もともと、藤堂は好奇心が強い。見かけがふてぶてしく無関心・無感動の男を感じさせるので、たいがいの連中はそこを読み違えるのだが。

「一見の価値はあると思うよ？」

「マジでか？」

「——ウン」

「俺、明日はクラス代表で最初から最後までずーっと座ってなきゃならねーんだよ。おまえがそこまで言うんなら、ちょっとは退屈を紛らわせそう」

「大丈夫。退屈なんかしないと思うから」

それだけは、きっぱり断言できる。

(あの強烈すぎる存在感に免疫がないと、ちょっと辛《つら》いかもしれないけど)

ただ……。

そう思うだけで。

(でも、藤堂だったら間違っても骨抜き……にはならないだろうから。まっ、いいんだけど)

ほかの連中がズクズクの骨抜きになろうが、トロトロに蕩《とろ》けてしまおうが、鷹司的には何の興味も関心もないが。藤堂がそうなってもらっては、ちょっと……。いや、かなり困る。藤堂とは、これから先もずっと良好な関係でいたいからだ。

高校に入って初めて、同じ目線の高さで気負いなくタメを張れる相手を見つけたのだ。そういう貴重な存在は、失いたくない。

いや——誰にもやりたくない。

世間様の評価と自己分析が一致しないのは、ありがちと言えばありがちだが。鷹司自身は、けっこう独占欲の強い自分を知っていた。

自分の一番は、相手にとっても一番でないとイヤなのだ。

一番でなければ、その次でも構わない。それでは、ダメなのだ。

見返りが欲しいというより、タイマン張ってる最中に余所見《よそみ》をされたくない。そういう感じだろうか。

だから。相手にとって自分が一番でないのなら、しょうがない……とあっさり引き下がるのではなく、たぶん、相手が自分を欲しがるように画策するかもしれない。それが、自分にとって譲れないものであるのなら、きっと……。あきらめずに、自分以外の者を蹴り落とすだろう。

幸か、不幸か。今まで、そこまでキリキリに熱くなったことはない。何がなんでも、プライドをねじ曲げてまで欲しいと渇望したことがないからだ。

この一年、藤堂の右どなりが鷹司のベスト・ポジションであった。

それは、藤堂から差し出されたものではない。鷹司が自分で手に入れた、居心地のいい定位置である。

だが。それだって、がむしゃらに摑《つか》み取ったわけではない。要は、タイミングが良かっただけのことで。

一年前。見るからにプライドが高そうな新入生総代を周囲が露骨に敬遠した――わけではないが。藤堂の周りには一種独特なオーラが張り巡らされていて、誰もが気安く近付ける雰囲気ではなかった。

声をかけてもジロリと一瞥《いちべつ》されただけで無視されそうな気分、とでも言えばいいのか。要するに、あまり友好的とは言い難い距離感……みたいなものだ。

結局。それは、藤堂本人がどうのというより、藤堂を見る周囲の目がみえない壁を作っているのも同然だったわけだが。乗り越える壁があまりにも高すぎて、皆、見上げるだけでため息まじりの挫折感を味わったのだ。

所謂《いわゆる》。入学式での、

『タダモノではない大物な新入生総代』

——という刷り込みである。

そんなものだから。講堂に入る前のクラスでの初顔合わせのときから、

（あー……いいなぁ。友達になれたら、一年間、すっごく楽しそう）

そんなふうに思っていた鷹司としては、

（そっかぁ……。誰もいらないんなら、僕がさっさともらっちゃおう）

だったりしたわけで。

友達の基本は、まず挨拶から。その日のうちにきっちり正面から自己紹介をして、意外にすんなりと藤堂をゲットしてしまったのだった。

それに乗じて二番煎《せん》じに走る者がなかったのは、たぶん、鷹司がそこに加わることで壁の高さも厚さも二倍増しになったからだろう。別に、鷹司がそれを狙っていたわけではないのだが。

鷹司自身は来る者は拒まず、去る者は追わず——である。

だから、鷹司サイドの友人はそれなりに多い。来た者が去ることは、あまりなかったからである。

それが、藤堂も込みで――となると、ごっそり引いてしまうのがパターンだったわけだが。

藤堂は、別段、それを気にしているふうでもなかった。

「友達は量より、質。無理に相手に合わせて無駄に時間を潰《つぶ》すくらいなら、図書館で本を読んでいる方がマシ」

いっそきっぱりと、言い切ってしまう藤堂だった。

それが辛辣《しんらつ》に聞こえても傲慢《ごうまん》だと思えないのは、たぶん、それが藤堂の本心だからだろう。

鷹司にしても。一年かけて、しっくりと馴染んで収まりのよくなったそのベスト・ポジションを誰かに譲り渡すつもりなど更々なかった。

言うなれば。誰も手をつけなかった鉢植えを丹精込めて手入れをし、その甲斐《かい》あって素晴らしく見栄えの良くなった一品物の花を遠巻きにうっとり眺めるのは許可してやってもいいが、無神経に手を触れて撫《な》で回すのは許し難い。そんな感じだろうか。

そんなことを言ったら、たぶん、藤堂は呆《あき》れ返るかもしれないが……。

その藤堂とは、去年までは同じクラスだったが今年は違う。

しかし。それで焦りを感じるとか、そういう気持ちはなかった。

鷹司と藤堂の間に割り込んできたがる命知らずなチャレンジャーは、今のところ、皆無だったからだ。

もっとも。男であれ、女であれ、そういうウザイ連中は鷹司の一存で円満にお引き取りを願ったことも、多少あるにはあったが。

今年は運悪くクラスは違ってしまったが。藤堂との距離感がそれで薄れてしまうとも思わなかったし、ほかの誰かが藤堂の左どなりに居座ってしまうのではないか……とか、そういう意味での苛立《いらだ》ちもなかった。

自分以外、藤堂とタメを張れる奴はいないという自負が鷹司にはあったし。半ば無自覚に擦り寄って来る者を選別しているのではなかろうか——と思えるほど、藤堂の眼力《めぢから》の強さは半端ではなかった。

そういうわけで。鷹司的には、二年生になってもベスト・ポジションをキープし続けることに何の不安も不信感もなく、ましてや、その定位置を脅かされる脅威など微塵《みじん》も感じる必要はなかった。

けれども。

今日、初めて藤堂の口から『蓮城翼』の名前が漏れたとき、鷹司の中で、思いもせぬイエロー・シグナルが点滅してしまった。

昨年の新入生総代《藤堂》と、今年の新入生総代《蓮城》。

似《に》て、非なる者……。

だから、だろうか。藤堂の関心が蓮城に向いていることは丸わかりだった。

（これって、けっこうマズイよねぇ）

鷹司が、そう思ってしまうくらいには。

さすがに、問われるままにけっこう藤堂を煽ってしまったという自覚は、鷹司にもあるのだが。

鷹司が、思うに。この一年、これといって藤堂が自分から行動を起こしたことはなかった。アクションは常に周囲からであり、藤堂は、常に待ちのリアクションだった。鷹司でさえ、自分から藤堂に歩み寄っていったのだから。

かといって。これからも、そうであるとは限らない。

（なんか……藤堂って、アクション起こすときは電光石火の早業のような気がする）

そういうハンター・モードの入った藤堂を見てみたいような、見たくないような……。鷹司にすれば、複雑な心境だった。

とにもかくにも。

明日の鷹司は、新入生受付係である。

中学の後輩である彼の顔を久々に、朝イチで拝むことになるのは間違いなさそうだった。向こうは、たぶん、鷹司のことなどまったく見知ってはいないだろうが。

楽しみであるような、ちょっと……怖いような。

だから、周りの反応が——である。

（なんたって、蓮城君、小日向中学の客寄せパンダ——とか言われてたくらいの超絶美形だし

ね。その上、新入生総代……。マジで、スゴイ騒ぎになるだろうなぁ）

藤堂はワイルド系美男子と言われ、鷹司自身、そんな藤堂とは対極を張っても見劣りのしない美形だが。蓮城翼は、更にその上を行く。

まさに『超《ハイパー》』が付くほどの美貌《びぼう》は、冗談でなく、半端じゃなく桁外《けたはず》れにスゴイのである。

中学生から高校生へ。鷹司にとってはわずか一年のブランクだが、蓮城の美貌に更なる磨きがかかってグレード・アップすることはあっても、おそらく、あの筋金入りに激烈な性格同様、ただ単純にレベル・ダウンすることはまずないだろう。

百聞は一見にしかず。

いくら口で『スゴイ』を連発しても、その実物を目の当たりにした衝撃には敵《かな》わない。

『どこ』が。

『何』が。

『どう』スゴイのか。

明日になれば、イヤでもわかる。

去年の藤堂は、新入生らしからぬ威風堂々ぶりが際立って皆を唸《うな》らせたが。明日の新入生総代は、別の意味で、皆を興奮のドツボに叩き落とすだろう。

それを思い描くだけで、何やら、一気にドッと疲れを感じる鷹司であった。

「そう、そう。ビックリって言えば、もうひとつあったな」

（蓮城君の新入生総代以外のビッグ・サプライズなんて、たかが知れてるよなぁ）

——とは、思いつつ。その年の新入生総代は入学式の挨拶だけではなく、一年間、学校行事の『広告塔』も務めるという暗黙の規約があって。現、生徒会執行部とは何かとツーカーな藤堂が『ビックリ』と言うのだから、そこらへんの情報は貴重だったりするかもしれないと思い直して、鷹司は、

「——何が？」

先を促した。

「絶対に獲《と》れるはずがないと思ってたバスケ部の花形ルーキー《スゴイ》が、特待生の推薦じゃなくて一般入試で受験して受かったってさ。それで、バスケ部の顧問の梶浦《かじうら》先生が狂喜乱舞してたって話。そいつも、おまえの後輩らしいぞ」

とたん。

鷹司は、いきなり脳味噌《のうみそ》が変なふうに揺れたような気がして、

「——え？」

思わず双眸《そうぼう》を瞠《みは》ってかたまり。藤堂から手渡されたスチール椅子を取り損なってしまった。

「おッ…わっ——と」

あわてて、藤堂がフォローする。

「あっぶねー……」

下手をすれば、鷹司の足を直撃だった……かもしれない。

けれど。

「あ……ゴメン」

鷹司の声が妙に掠《かす》れているのは、そのせいではなかった。

「──いや。いいけどさ」

ボソリと漏らしざま、藤堂は、新入生総代のときとは違って驚きを隠せなかったらしい鷹司のリアクションの方に興味が向いて、

「なんだ、初耳？」

まじまじと鷹司を凝視する。

「……聞いてない」

本田に呼ばれたときには、そんな話は一言も出なかった。それは、ある意味、当然のことかもしれないが。

「それって……もしかして、市村龍平《いちむらりゅうへい》君のこと？」

もしかしなくても、中学の後輩でバスケをやっている花形選手《スター》と言えばその名前しか思い浮かばない鷹司は、瞬《また》きもせずに藤堂の目を見返す。

「あー……確か、そんな名前だった」

（う…わぁ……。そう……なんだ？）

ドクドク……と、やたら、鼓動が速い。

蓮城が総代との話を聞いたときには、ただ呆然《ぼうぜん》絶句だったが。小日向中学のもう一人の有名人《大物》が沙神に来ると知って、鷹司は半ば喘《あえ》ぐように、

「そっかぁ……」

ため息まじりの吐息をついた。

「バスケ関係者の間じゃ、けっこうな有名人らしいな」

「……まぁ、ね」

小日向中に入ってきたときには、バスケにはそれほど関心のなかった鷹司でさえすでにその名前を知っていたくらいだ。

中には、小学生の実績などたかが知れている……などと皮肉を言う者もいたが、その実力は噂に違わず華々しいものだった。

「バスケ部の黒崎《くろさき》なんか、そいつが入れば県大会のベスト8も夢じゃないって、ツバ飛ばして『ラッキー』を連発してたぜ」

黒崎の感涙に、部外者が水を差すつもりはまったくないが。それでも、

「市村君も、沙神《ウチ》に来るんだ？」

鷹司の声音《トーン》は、いつになくどんよりと重かった。

再びスチール椅子を両手に抱えて歩き出すなり、藤堂は、意外そうな口振りで鷹司を見やっ

た。

「新入生総代とは別口で、そいつもやっぱり、おまえの予想外？」

いつもは余裕のあるアルカイックな表情を崩さない鷹司の驚愕《きょうがく》ぶりは、藤堂としても気になるところだった。

「……いろんな意味でね」

「どこが、どんなふうに？」

すかさず突っ込む藤堂をいなすわけでもなく、鷹司は、

「市村君、僕が卒業するときはもう、進学先はバスケットの強豪校の神代《かみしろ》学園に決まりだろう……とか言われてたくらいだから」

さっくりと、当時の状況を口にする。

「そりゃ、スゴイな」

神代学園はインターハイの常連、県内バスケの名門校である。その名前を出されて、市村龍平が掛け値なしの期待のルーキーだということを再認識し、藤堂が目を瞠る。

「ウン。僕が三年のときのバスケ部って南部《なんぶ》大会のベスト3で、県大会まであと一歩だったんだけど。そのとき、一人で得点の半分以上叩き出す大活躍でね。それで、一気に市村君の名前が売れちゃったみたい」

事実である。

——が。その事実には更に、鷹司が知らないオマケがあって。前年度——つまり市村龍平が三年生のときのバスケ部は、県大会準優勝という偉業を成し遂げたのである。それで県下有名校の市村争奪戦が激化し、その権利を神代学園が引き当てた——とまで言われていたのだった。

そんな裏事情までは知らない鷹司であっても、市村の進学に関しては当時から神代学園の名前が付いて回っていたくらいだから、沙神高校を受験するに当たっては、

（もしかしなくても、相当モメたんじゃないかなぁ）

その想像は付く。

転任していなければバスケ部の顧問は吉村《よしむら》であろうから、あの熱血ぶりが空回りして仇《あだ》になったのではなかろうかと、他人事《ひとごと》ながらに心配になる鷹司であった。

黒崎には悪いが、神代学園《むこう》と沙神高校《こちら》とでは、相撲で言えば横綱と小結くらいの実力の差があるのは誰の目にも一目瞭然《りょうぜん》で。神代学園を蹴ってまで市村が沙神高校に来る理由は……。

——何？

それを思ったとき、

「そんなんだったら、特待生の推薦なんか選《よ》り取り見取りってことだろ？　なのに、わざわざ一般入試でウチを受験するなんてさ。よっぽどの訳あり……だよな？」

藤堂も同じことを考えているのだと知った。

訳あり——の、理由。

「まず考えられるのは、故障……か」

だとしたら、黒崎が期待する『ラッキー』も一気に『アンラッキー』へと転げ落ちてしまうわけだが。

「……でなきゃ、特待生として推薦できないほどの問題児——とか？」

「や……それは、ないんじゃないかな」

鷹司が即答できるぐらいには、市村の素行は悪くない。

悪くはないが……。

別方向で問題大あり——だったりするのは否めない。

(市村君の言動って、ちょっと型破りっていうか、かなり天然入ってるっていうか……。一般常識とはだいぶかけ離れてたりするし)

それで現実を大きく逸脱するようなことにはならないが。何をやっても、

『まっ、しょうがないか』

『市村だもんなぁ』

憎めないのが、彼の得難いキャラクターなのだろう。

「学力に問題あり……なわけないか。一般で沙神《ウチ》を受験して合格できるんだから、ただの筋肉バカじゃねーよな」

筋肉バカ……。

鷹司以外に誰も聞いていないと思って、藤堂も、なにげに暴言吐きまくりである。

「訳あり……と思ってるのは周囲の人間だけで、市村君自身の受験理由はもっと単純明快だったりするかもしれないけどね」

たぶん。

そう、なのだろう。

あれこれと周囲が問題を難しくしているだけで、案外、本人はケロリとしているのではなかろうか。

「どっちにしろ、今年の新入生は、おまえンとこの後輩二人で話題を独占しそうな感じだよな」

新入生総代と、バスケ部の期待のルーキー。

しかも。オープン・キャンパスには影も形もなかった、開けてビックリの一般受験生である。

それはそれで、スゴイことではなかろうかと。

——だが。

「僕の予想が外れてなければ、たぶん……二人じゃなくて三人だと思うけど？」

「三人？」

「そう。蓮城君に、市村君でしょ？　だったら、きっと、いつもツルんでたもう一人の『彼』

も沙神に来てるはずだしね」

（……でなきゃ、あの二人が揃ってウチの高校を受験する意味なんてないだろうし）

本当に、それ以外、鷹司には、あの別方向で大物すぎる二人が沙神高校に入学する理由が思いつかない。

だとすれば、きっと――必ず、彼も来るはずだ。

そう思えば。傍目《はため》には不可解としか思えないような蓮城と市村の行動もすんなり納得できてしまう。

だから。それは予感ではなく、確信だった。

「小日向中の三羽烏《さんばガラス》って、か？」

「三羽烏なんて……藤堂、どこの時代の何様…って感じなんだけど」

「いちいち人の揚げ足を取るなよ、慎吾」

「だって、藤堂、なんか……いつもと違って浮かれてるようだから」

「浮かれてるんじゃねーよ。興味があるだけ」

「あ……そう」

「そう…って、おまえが火ィつけたんじゃねーかよ」

「それは、そうなんだけど」

「…って、おまえ、嬉しくないわけ？　自分とこの後輩が一気に三人も増えて。しかも、二人は別方向で入ってくる前から有名人……」

「うれしくないわけじゃないけど……」

「けど――何？」

「本当に僕の勘が当たってたりしたら、これから三年間、よくも悪くもスキャンダラスにブッ飛んだ嵐がガンガン吹き荒れるはずだしね」

「スキャンダラスにブッ飛んだ嵐――ねぇ」

おうむ返しのようにつぶやいて、藤堂は片頬で笑う。

「珍しいな、おまえがそんなマジな顔でジョークなんて……」

（フカシじゃないんだって、藤堂。僕……マジだから）

けれども。

ここで、いくらツバを飛ばしてその根拠を力説しても、きっと、話半分も本気で聞いてはもらえないだろう。

なぜなら。あの三人の絆《きずな》の強さは、実際に自分の目で見て納得しないことにはわからないからだ。

（だって、超絶美形の俺様な蓮城君に、まったく無自覚にタラシ光線を飛ばしまくってる天然ボケな市村君の二人だけでも歩く核弾頭コンビなのに。その上、あの二人に執着されまくってる杉本哲史《すぎもとてつし》君まで絡んできたら、もう、スリルと刺激のてんこ盛り状態で、日常の平穏さとは

おさらばに決まってるし)

――だが。

「でも、そうだな」

鷹司は、小さく唇の端で笑みを刻む。

「杉本君に会えるのは、僕としてもちょっと……楽しみな展開だったりするけど」

「杉本って……三羽烏の最後の一人?」

「そう……」

「なら、そいつもやっぱり、それなりに大物?」

どこか含みを持たせて、藤堂が、さりげに鷹司を流し見る。

「みんなは、どう思ってるか知らないけど。僕的には、一番の大物じゃないかって気はするんだよね」

言っていることに偽りはない。たとえ見かけはどうでも、鷹司の知る限り、杉本哲史は最強のパンピーであった。

――が。

「ふーん……」

わかったようなわからないようなリアクションを口にしたきり、むっつり、藤堂は黙り込んでしまった。

入学式、当日。

鷹司が、正門奥に設置された受付テーブルに座っていると。なぜか、藤堂と黒崎が二人揃ってやって来た。

「……何？　どうしたの？」

「いや……ちょっと」

黒崎は、わずかに言葉を濁したが。

「噂の有名人の顔を、一足早く拝みに来た」

藤堂はあっさり言ってのけた。

「……そうなんだ？」

「まぁ、そういうこと」

なんだかバツが悪そうに、黒崎はポリポリと鼻の頭を掻《か》く。

「入学式まで待てないなんて、すっごくご執心だねぇ、二人とも」

「なんか……ドキドキっていうか、ワクワクっていうか……そんな感じ」

まさか、バスケ部の猛者である黒崎の口から、そんな可愛らしい台詞《せりふ》が聞けるとは思ってもみなくて。鷹司の口から、つい、笑いがこぼれた。

「……何？」

「いや……案外黒崎も乙女なんだなぁ、とか思って」

とたん。黒崎は、露骨に嫌そうに顔をしかめた。

「藤堂は、どうなの？」

「俺を退屈させないでいてくれる男はどんなかなぁ…って、トコ？」

「まぁ、そのまんまだと思うよ？」

「鷹司は、その二人とは顔馴染みなわけ？」

「いや、ぜんぜん」

「でも、面識はあるんだよな？」

「僕は彼らを知ってるけど、向こうはたぶん、僕を知らないんじゃない？」

「またぁ、またぁ……そんな冗談言っちゃって。鷹司を知らない後輩なんて、いやしねーだろ？」

「だから、マジだってば」

「えーッ、うっそー。だって、そりゃおまえ、小日向中の掟破《おきて》りってモンじゃねーか？」

「そんなこと言われても、ねぇ」

黒崎はまだ何か言いたそうな顔つきだったが、そろそろ、ポツリポツリと新入生が保護者と

もども姿を見せはじめたので。鷹司は、

「はいはい。君たち、下がって、下がって。そこにデカくて厳《いか》めしいのが二人も立ってると、ピッカピカの新入生がビビッちゃうでしょ？」

「ひっでー……」

黒崎はブップッと文句を言い。藤堂は無言で鷹司をジロリと睨《にら》み、ついでのオマケで鷹司のとなりに座っていた女子生徒の顔をわずかに引きつらせた。

それで、二人ともおとなしくテントの後ろに下がったわけだが。背後からの視線がどうにも居心地悪いのか、鷹司以外の受付係は、ときおりチラリと振り返っては、あわてて視線を戻した。

（二人とも、別方向で気合い入りまくり……って感じ）

気持ちは、わかるが。何も、背後霊にならなくても……と、つい、ため息を漏らしたくなる鷹司だった。

それから、時間とともに受付の前は黒山の人集《ひとだか》りになり。捌《さば》いても捌き切れないほどの列ができ、鷹司たち受付係は忙殺された。

――と。

そのとき。

人垣の列の後ろで、何とも知れないどよめきが上がった。

何事かと、皆が、一斉に振り返る。

ざわめきは止まらない。

それで。鷹司は、彼らがやって来たのを知った。

(はぁ……。黒崎じゃないけど、なんか、僕までドキドキしてきちゃったよ)

そして。

ざわめきは更に渦を巻いて、どよめきを誘い。受付を終えてテーブルを離れたまま人の流れが完全に止まってしまうと、周囲は騒然となった。

「テッちゃん、テッちゃん、三組はこっちだってぇ」

聞き覚えのある、まったりとした独特のしゃべり。

(う…わぁ……。市村君だ。久々に聞くと、脳味噌《のうみそ》グラグラしちゃいそぉ)

「はいはい、わかってるって。だから、龍平、そんな引っぱんないで」

(――杉本君だ)

そうやって、ざわめきとともに前の列が消えていくと、

「おっはよーございまーす」

「おはようございます」

トーンの違うユニゾンが、鷹司の前で炸裂《さくれつ》した。

同時に、あれほどざわめき立っていた周囲がピタリと静まり返る。

受付係は、誰も彼もが目の前の光景に金縛ったまま呆然《ぼうぜん》絶句……である。

（や……わかるんだけど……）

その気持ちは、本当に、痛いほどよくわかる鷹司だった。

なにせ、目の前にいるのは。タイプは違うが桁外《けたはず》れに個性的な且つ恐ろしく見栄えのよすぎる三人組で。

右端から、蕩《とろ》けるような笑顔満開な市村龍平に、真ん中が小顔がキリリと引き締まった杉本哲史。そして、左端にいるのは、冷然とした凄味《すごみ》を漂わせている超絶美形な蓮城翼であった。

（……キョーレツすぎて、目が潰《つぶ》れそう……）

一年ぶりのブランクがきつい。

二年間見慣れたはずの強烈さが更にグレードアップして顔面に吹きつけてくるような気がして、何やら背筋までもがゾクゾクしてしまう鷹司だった。

すると。

「あ…れ？　鷹司……さん？」

同じように、杉本がビックリ双眸《そうぼう》を見開いた。

それで。鷹司も、ようやく思考回路にスイッチが入った。

「おはようございます。杉本君」

多少ぎこちない笑みをのせて、鷹司が口にすると。

「え……と、鷹司さん、沙神だったんですか？」

「そうなんだよ」

「う……わぁ……そうなんだ。あ……これから、よろしくお願いします」

深々と、杉本が頭を下げる。

――と。釣られたように、

「よろしくお願いしまぁぁす」

市村がペコリと頭を下げた。

「はい。よろしく、市村君」

鷹司に名前を呼ばれて、市村の笑顔が蕩ける。

「蓮城君も、おめでとう」

すると。蓮城は、片眉ひとつ動かさずに、

「……ども」

ボソリと漏らした。

鷹司は一年三組の名簿に三人分のチェックを入れ、入学式のパンフレットを一人ずつ手渡す。

「受付が済んだら、教室で待っててね」

「はい。ありがとうございます」

そう言って、杉本がもう一度礼をすると。季節外れの台風の目な三人組は、そのまま、ドッ

と割れて崩れた人垣の向こうに消えていった。

——とたん。

金縛っていた者たちがようやく息を吹き返した。顔面を紅潮させて、何やら意味不明のどよめきとともに。

（はぁぁぁ…………）

鷹司は、どっぷり深々とため息を吐く。

その余韻に浸る間もなく、背後から、いきなり肩をガッチリ摑《つか》まれて。

「鷹司ぁ……あれ、市村？　ホントに、市村龍平かぁ？」

容赦なくガシガシと揺すられた。

「ちょっ…と……黒崎、痛いってば」

バスケットボールを丸摑みできるようなデカい手でおもうさま肩を揺すられると、首までグラグラになってしまいそうな気がする。

「な？　な？　ホントに？」

「だから、そうだってば。蕩けるような満開の笑顔の市村君」

「……あれが？」

ショックありありな黒崎に、鷹司は、駄目押しの一言を投げつける。

「市村君。コートの中と外じゃ、まるっきりの別人だから。普段は、天然脱力キング。可愛いでしょ？」

「は…はっ…ははは……。そうか？　そう……なんか？」

期待のスーパー・ルーキーの真髄を思い知って、黒崎がガックリ肩を落とす。

「……で？　あの、すんばらしく超絶美形な俺様が、蓮城翼か？」

珍しくも、藤堂の声も上擦って掠《かす》れがちだ。

「そう。今年の新入生総代。どう？　退屈しないでしょ？」

「……っていうか。入学式……大丈夫か？　ちゃんとまともに終わるのか？」

どうやら、藤堂は真剣にそれを心配しているらしい。

「んー……まっ、大丈夫じゃない？」

ある意味、阿鼻叫喚《あびきょうかん》かもしれないが。

（祝辞で声が裏返っちゃっても、膝ガクガクで足並み揃わなくても、みんながそうなら怖くない…って、ね。まぁ、何とかなるでしょ）

それを思って、今更のようにひっそりとため息を漏らす鷹司だった。

あとがき

こんにちは。

ずいぶんとお久しぶりの『くされ縁』です。……とか思っていたら、文庫本としては、実質一年半しか経っていなかったです。

なんだ、そんなモンかい？

真顔でそんなことを言ったら、担当さんにブッ飛ばされそうですが（笑）。

いや……その前に、別口で、

「シリーズ物で四年のブランクは長すぎ」

「おらおら、もっとシャキシャキ仕事をせんかいッ」

「次は四年も待てねーぞッ！」

などと、耳の痛い叱咤《しった》激励（？）を聞かされ続けていたモノですから。それに比べたら、まだ楽勝？　ハハハ………。

――というか。『くされ縁』の前ですでに気力体力をすべて使い果たしてしまったので、ヨレヨレのボロボロ？　それでも、担当さんが私の耳元で、

「これが終わったら、次『独占欲のスタンス』のドラマCDが待ってますよ」

悪魔のごとく甘い誘惑をちらつかせるので（笑）。鼻先にニンジン状態で頑張りました。

それで、あまりにも肩コリ（…というより首コリ？）が激しいので、この間、初めてマッサージに行ってみました。ちょっと、ドキドキ？

「うわぁぁ、ガチガチですね」

そうでしょうとも。自分でいうのも何ですが、もう、○ロン○パス張ったくらいじゃ効きませんって……。

「頭も硬いです」

……はい？

頭って固いのがフツーじゃないですか？　いえ、思考《アタマ》が硬いとかなら、よく聞きますけど……。単なる比喩《ひゆ》ではなく、頭ってコルんですか？　ちょっと、意外な発見（？）をしてしまった。

でも、すっごく気持ちよかったですぅぅ。なんか、ヤミツキになりそう……。

そういうわけで。とりあえず、私の二〇〇六年度はなんとか無事終われそうで、とにもかくにもホッとしています。次のスケジュールが怖いけど（笑）。

平成十八年十一月　　吉原理恵子

くされ縁《えん》の法則《ほうそく》④
激震《げきしん》のタービュランス
吉原《よしはら》理《り》恵《え》子《こ》

角川ルビー文庫　R17-29　　14533

平成18年12月31日　初版発行
平成19年10月10日　3版発行

発行者――井上伸一郎
発行所――株式会社角川書店
東京都千代田区富士見2-13-3
電話/編集(03)3238-8697
〒102-8078
発売元――株式会社角川グループパブリッシング
東京都千代田区富士見2-13-3
電話/営業(03)3238-8521
〒102-8177
http://www.kadokawa.co.jp
印刷所――旭印刷　製本所――BBC
装幀者――鈴木洋介

ISBN4-04-434229-6　C0193　定価はカバーに明記してあります。